寫給你的25封信

兩個孩子兩片天

張讓 韓秀 ◎著

【推薦序1】

每個孩子都不一樣……

洪蘭

這是一本難得一見的好書，完全沒有坊間「育兒須知」的制式和呆板，本來我是最怕看媽媽經的人，但是這本書卻讓我拿起來就放不下去，甚至在應酬時都覺得菜這麼難吃，不如回家去看書。兩位作者我都不認識，但是我覺得她們應是天底下最了解孩子的媽媽：有多少母親會在下雨天，穿上雨衣，戴上雨帽，再把孩子放進娃娃車，扣緊透明的擋雨篷，勇敢的向紐約中央公園的池塘出發，只因爲孩子要看「雨的家」在哪裡呢？光憑這一點，韓秀就在我的「好媽媽量表」上佔鰲頭了。

我常覺得扼殺孩子創造力的不是別人，正是愛他最深的父母，我們常用「爲了你好」這個理由，不准孩子做這個，摸那個，限制了他所有的想像力，等他變得像木頭人叫一下動一下時，再來怪孩子怎麼這麼不會應變。我清楚記得民國五十二年葛樂禮颱風來時，台北淹大水，池塘的魚都游上馬路，我和妹妹興奮的拿著撈麵的勺子抓魚，但是更清楚的記得我母親用消毒藥水及刷子用力刷我們泡過水的皮膚。在台北街頭撈魚的經驗成了我童年唯一快樂的回憶，水髒一點又有什麼關係呢？帶孩子就應該像張讓和韓秀兩位媽媽一樣，先了解孩子在想什麼，在非大逆不道的範圍內，跟他一起完成夢想。假如你能這樣帶孩子，你的孩子自然會跟你無話不說，你也就不奇怪爲什麼她們的孩子每天都跟母親有說不完的話了。我想這一點是台灣的父母最羨慕的地方，台灣的孩子常跟父母隔著一道看不見的牆，做父母的常常板起面孔做長輩，忘記自己是孩子時多麼渴望父母的了解。這兩個孩子眞是非常幸運，生在美國卻有個開通的中國媽媽，他們得到了中西文化的精華，難怪這兩個孩子如此傑出。

這本書是兩個孩子成長的過程，透過兩位媽媽的來往書信，讓我們分享了他們生活上喜怒哀樂的點點滴滴。兩位媽媽的文筆都非常的好，使我們彷彿像隱形人一樣住進他們家，觀察他們的一舉一動，了解他們的心聲。這本書可以讓很多台灣的父母放心，不必在意別人怎麼想，反正每個孩子都不一樣，不必比較，只要在意自己的孩子快不快樂就夠了。天下沒有放諸四海皆準的育兒法則，若是孩子每天快樂的學習，親密的依戀著你，你就做對了。天下再好的安親班和補習班都比不上母親帶著孩子親子共讀時對孩子心智的啓發。如果你希望你的孩子像安捷和友箏一樣的話，你也必須像韓秀和張讓一樣，陪著孩子成長，信任他但不放任他。

〈關於洪蘭〉美國加州大學實驗心理學博士，曾擔任聖地牙哥沙克生物研究所研究員、加州大學河濱校區研究教授，並在一九九二年回國任教於中正大學。目前爲國立陽明大學神經科學研究所教授暨認知神經科學實驗室主持人。授課之餘致力於科普書藉的翻譯與寫作約三十三本，並積極推動閱讀。

【推薦序2】

看重此時此刻

盧蘇偉

第一次看到這本書的簡介，就有一種特別的吸引力，我家也是只有一個男孩，在這二十五封信中，我似乎不是在讀別人家的故事，而是不斷在回顧一個皺巴巴像老人的小孩，怎麼長成和我們一樣高大的男人的種種歷程，我似乎也不知不覺加入了兩位媽媽的對話，在不同的時空背景，交錯著別人和自己的親子聲影，二十五封信不僅讓我對原本陌生的家庭和人，就這樣熟悉了起來，事實上，這本書還帶領著有同樣背景的父母，重新再經驗一次父母，陪孩子再成長一次！

誠如張讓女士所說的這不是一本育兒須知，更不是父母手冊；我的孩子仍在青少年（十三歲），我仍是陪孩子一起學習成長的父母，這本書讓我有一種放輕鬆的感覺，我在法院從事兒童青少年輔導工作，深深的感受到台灣父母的沈重壓力和辛苦，我經常和許多父母分享，父母只能陪孩子走人生的一段路，我們什麼事都不能做，只能和孩子共有一段經歷而已，大部份亞洲國家的父母都太緊張了，擔心孩子健康、課業和未來，而忽略了此時此刻我們和孩子共有的生活，才是眞正有意義和價値的，孩子身上沒有什麼問題是需要被解決的，只有生活和父母的用心陪伴、看重和賞識。

韓秀和張讓女士留下了孩子成長的二十五封信，我們陪孩子成長留下了些什麼紀念品呢？一堆我們認爲重要珍藏的孩子成長照片？塗鴨作品，還是滿櫥櫃、滿牆壁的獎牌獎狀呢？這本書乍看都是在談生活的小事件；但任何一件事的發生都會存入我們的生命存摺裡，沒有好或壞之分，如果我們能倒轉時光來回顧，我們會很懊惱，浪費太多的時間在金錢問題和情緒垃圾及所謂的重要大事上，夫妻親子相處的片刻，我們彼此交流些什麼呢？其實，如這本書上兩位媽媽所寫的，都是日常的生活，沒有其他的。平凡的家庭如此，名人的家庭裡也是如此而已，在乎我們和家人相處的每一片刻。感謝這兩位媽媽願意分享私密的經驗，讓我能更輕鬆的陪伴孩子，看重此時此刻在一起的生活！

〈關於盧蘇偉〉小時候因腦膜炎，使他的記憶功能受損，直到小五才眞正的學會認字。憑著過人的意志與家人的支持，考進中央警察大學犯罪防治學系。大二發現自己在邏輯與分析方面的特殊天才，畢業後考上高考司法行政觀護人科，現爲知名的輔導專家、潛能整合專家、板橋地方法院少年調查保護官。著作有《看見自己的天才》、《看見孩子的叛逆》、《賞識自己》、《十一號談話室》等三十餘本著作。

目錄

003【推薦1】每個孩子都不一樣　洪蘭

006【推薦2】看重此時此刻　盧蘇偉

011【開始寫信那一天】喜歡寫信　韓秀

家裡有個男孩　張讓

019【第一封信】小子十二歲　張讓

安捷十七歲　韓秀

029【第二封信】沒課！沒課！　張讓

學校風景　韓秀

038【第三封信】如果童年和快樂有形狀　張讓

涉足未來　韓秀

047【第四封信】如潮的樂聲　韓秀

好一陣咖啡豆雨！張讓

056【第五封信】故事裡的故事裡的故事裡的　張讓

竟是無緣漫天胡說　韓秀

065【第六封信】十五歲騎龍去　張讓

同是十五歲　韓秀

074【第七封信】從混沌未鑿到《魔戒再現》？　張讓

失樂園　韓秀

083【第八封信】愛的語言△○☆◇▽？！　張讓

I love you , Mom , and I am so sorry　韓秀

093【第九封信】兩頓午餐＋不停的零嘴＝我還是餓！　張讓

善待味蕾　韓秀

目錄

目錄

101【第十封信】恐怖數學來了！ 張讓

九比八大 韓秀

110【第十一封信】你把被子縫在一起了！ 張讓

達利！達利！ 韓秀

119【第十二封信】怎樣不過母親節 張讓

關懷一笑之必要 韓秀

128【第十三封信】學校監獄？ 張讓

規矩與方圓 韓秀

137【第十四封信】關鍵的一票 韓秀

我們不能沒有歡愉 張讓

146【第十五封信】從《革命前夕的摩托車日記》談起 張讓

與天奮鬥，其害無窮 韓秀

155【第十六封信】最小的我們 張讓

最精采的我們 韓秀

164【第十七封信】直覺的魅力 韓秀

三角褲還是四角褲 張讓

173【第十八封信】太空在下雪嗎？ 張讓

觀星者說 韓秀

182【第十九封信】 夢中小孩　張讓
無夢人生　韓秀
191【第二十封信】 當我長大了　張讓
年輕的男人　韓秀
200【第二十一封信】時間艙解密　韓秀
童年博物館　張讓
209【第二十二封信】放暑假了！　張讓
穿著睡衣上班　韓秀
218【第二十三封信】菜人和肉人　張讓
米蘭燴飯和鄉村馬鈴薯　韓秀
227【第二十四封信】不愛孤單的孩子　張讓
十分冷淡存知己　韓秀
236【第二十五封信】掉到天上去了　張讓
晨曦與朝露　韓秀
246【張讓後記】
248【韓秀後記】

正因為喜歡寫信，
才會有這二十五封寫給張讓的信……
眼下，就把手中這一封信寄給這本小書的每一位讀者，
希望如同雨滴一樣激起美麗的漣漪……
——韓秀

開始寫信那一天……

我們想到哪裡談到哪裡，沒預先規劃，也沒有一定的方向。
從出生開始而以探討死亡結束，
從內褲到選舉，從飲食到數學都有。
我覺得特別有趣的是，
我們文字風格不同，觀察事物的角度也不盡一樣……
——張讓

喜歡寫信

韓秀

感恩節之前，回到紐約，當然是爲了梵谷的大展。頭一個下午，先到了大都會博物館，看了這個展。看得心緒低落，自然也是因爲梵谷。參觀之後，將我們自己放在演奏廳裡，很踏實的聽了一場音樂會，情緒才昂揚起來。

第二天早上，我們，我和J，不約而同的決定要從四十六街的旅館步行到八十三街的大都會。旅館就在第五大道上，我們挽著手，沿著第五大道北上，走著將近二十年前走過幾百次的路線。所不同的，當初，我們推著兒童車，車裡坐著快樂的安捷。現在，我們只是兩個人，安捷遠在數百哩之遙，此時此刻，他大約還在熟睡中積蓄精神，今天下午，他還得在電腦網路建構起來的世界裡追捕駭客，完成一些不可思議的任務。

我們信步走著，熟悉的街道、熟悉的景物。我們終於站定在七十二街與第五大道的路口上。西邊是中央公園的一個入口。無數次，我推著兒童車，從第三大道經過列興頓、公園大道、麥迪遜，抵達這裡，進入中央公園，右轉，前邊不遠處就是園中之園，不但有設備齊全的兒童遊戲場，還有一個清澈見底的池塘。晴朗的日子，安捷喜歡在這裡溜滑梯、盪鞦韆。下雨的日子，「看雨滴落在池塘裡！」

我們同時出聲，相視而笑。

在我們家裡這是一個有名的故事，那是安捷剛剛會說話不久的事情。一個大雨瓢潑的清晨，他站在他的小床上，看大窗外的雨，我們的公寓在二十二層樓上，雨鑲嵌在窗戶裡，從不知多麼高的地方飛射下來，洗乾淨對面一棟棟大廈，然後呢，筆直落到窗下不知多麼遙遠的地方。安捷認眞的問我：「雨的家在哪裡？」我怎麼回答他呢？雨有家嗎？雨水落到地面，沿著下水道流向大海？大海應該是他們的家吧？

安捷沒有等太久，眉開眼笑的拍起手來，「雨落在池塘裡！」而且他馬上要求，要去「看雨滴落在池塘裡！」如此詩意的要求是不可以拒絕的。住在雲端裡的孩子，要看到他的朋友雨滴平安返家才能安心。這裡面，不只是想像力的飛翔，還有關心、同情等等，更加重要的東西。

安捷穿戴整齊，坐進兒童車，車上裝置的透明雨篷放了下來，在車子的底部扣好，把他嚴嚴實實包裹在一個溫暖、乾燥的位置上。我自己穿上雨衣、戴上雨帽。我們走出了公寓大樓，向中央公園進發。

雨擊打著雨篷，安捷坐在車裡聽到雨水沙沙的聲音，看到雨水如同瀑布一樣在他四周飛騰，開心得嘎嘎大笑。我的雨衣雨帽卻擋不住雨勢，一會兒功夫，就已經全身溼透了。

抵達池塘之畔，雨水直直落，激出水花，蕩起漣漪，大圈、小圈層層套疊，好像是節慶的表演。安捷手舞足蹈，在雨篷裡歡聲大叫開心不已。我站在雨水裡，心滿意足。雨滴們「回家」了，門邊，他們的媽媽大約也是永遠等在那裡，永遠等著將他們擁入懷中，如同天下所有的媽媽一樣吧。

待我們返回家裡，安捷看到了我頭上、臉上的雨水，抓住他自己軟軟的小毛巾，在我頭上抹著抹著，喃喃著：「媽咪，媽咪……」

J看到我眼中的淚水，柔聲問道：「想到什麼了？」

「兒子溫暖的小手小腳、奶氣十足的輕聲細語……好想寫一封信，訴說一番。」

「那就寫吧。」J輕輕鬆鬆，「你是喜歡寫信的。」

正是因爲喜歡寫信，才會有這二十五封寫給張讓的信，陪著安捷從少年時代邁入青年時代。眼下，就把手中這一封信寄給這本小書的每一位讀者，希望如同雨滴一樣激起美麗的漣漪。

二〇〇五年十一月二十七日

家裡有個男孩

張讓

很多年前，在結婚好些年後，經過相當考慮，我終於決定做凡是生物自然而然會做的事：繁殖。於是有一天，我們倆變成了我們仨。

家裡這新來的一員是個奇怪的東西。也許我已經忘了小時草木蟲魚和風雨雷電帶給我的神奇，因此面對這個奇異的小生命時，我眞是充滿了驚奇。起初他是個嬰孩，然後是個小小孩，然後成了小男孩，忽然他比我高比我壯了，可以把我攔腰抱起，但還不是個氣拔山兮可以出去闖天下的男子漢。這一串的驚奇，激發我當初寫了〈初生〉、〈這一個小傢伙〉等記述文字。我本有心持續寫下去，專門記錄這個小生命的成長過程——不是《物種原始》，而是一個人的原初。但寫作並不是科學，兩個氫原子加一個氧原子變成了水，而一絲靈感加上具體的構想未必便成爲作品。我記了些孩子的事，也止於零零散散。

大約三年前，我和韓秀網路通信無意間談到了小孩。我們都有一個兒子，但兒子通常不是我們的話題。那一陣子信件來回，卻圍繞小孩打轉。我的信裡多是對孩子的感嘆，韓秀都是讚美。我玩笑說她的是「愛兒文學」，我的是「罵兒文學」。韓秀因此靈感一動，提出我們可以就以書信體裁合手寫個媽媽專欄。於是「兩個天空」專欄便這樣誕生了，從二〇〇四到二〇〇五年，在《幼獅文藝》連續了兩年。

我們的構想是閒談孩子瑣事，隨心所欲的談，而不是《育兒須知》、《愛的教育》或《如何和子女溝通》那種實用性的父母手冊。儘管是以信件表達，卻不是一般信件，我們希望寫得言淺意深，在自然流露之外，或許點到了一些大家有所會心的東西，或許觸及了什麼深遠的議題，留下一些值得回味的紀錄。

和韓秀兩年書信對話，交換孩子種種，果然是輕易愉快。相較於其他寫作，我們都覺得寫「兩個天空」是件「滋養」的事。我們想到哪裡談到哪裡，沒預先規劃，也沒有一定的方向。從出生開始而以探討死亡結束，儘管未必上天入地，卻也涵蓋了相當範圍，從內褲到選舉，從飲食到數學都有。我覺得特別有趣的是，我們的文字風格不同，觀察事物的角度也不盡一樣。韓秀心熱筆熱，她的文字除了充滿對兒子毫無保留的母愛，更擴及到關愛所有人。相對，我在爲孩子呆愣中還保持了一點「冷眼」，在驚嘆和質疑外帶了點戲謔。這一冷一熱正像曲調有高有低，帶來了跌宕的趣味。

這兩年紀錄剛好把握了兩個男孩成長過程中的一個窗口：安捷剛上大學，而友箏剛上高中。兩人都是混血，都有個整天造句的媽媽，都喜歡電腦遊戲，此外兩人個性和體型上有相當大的差異。既然是「主角」，字裡行間自然都是他們的言行笑貌。然而這些文字涵蓋不只兩年，而是從他們出生到現在，超過了二十年。

我總覺當人開始相互傳述過去，便開始建構「神話」。我寫友箏，便從他的出生神話開始。而其後的記述，雖然力求忠實，但因爲通過感情的透鏡，便給了那些圖象獨特的光色，兩個眞男孩似乎有點故事人物的趣味了。讀著讀著，我會恍惚覺得好像在看陌生人的故事。

韓秀在序裡寫去看梵谷素描特展，我們也看了那畫展，帶著友箏。從他才及膝年紀，我們就帶他上美術館。進了展覽廳，向來是各看各的。友箏總是一下就跑不見，不久又跑回來，宣布：「我看完了，現在可以走了。」這次我們照樣分頭欣賞，友箏不再跑了，但看得很快。剛開始時我們速度差不多，有時竟並肩站在一幅畫前。我說：「你有沒有注意到梵谷畫的樹特別生動？看得出來他在畫樹時最快樂。」友箏說：「是啊，他的線條很細很複雜。」我展覽看不到一半，他已經來回逛過幾圈，不時便特意來撞我，重複聲明：「好無聊喔！走吧，無聊死了！」我只好笑說：「是啊，若這些樹這些麥稈會跳起來殺你，你就不會覺得無聊了！」這是友箏，有他自己在審美上的細緻，但要他在美術館裡看一大堆畫，眞的是把他淡出鳥來。看完梵谷，我們無意走到埃及館，看雄偉殘缺的法老王古墓古棺，欣賞並研究石上精緻生動的雕刻圖形和象形文字。這時他便很有興趣，不再吵著要走了。然後我們終於逛出美術館，走到中央公園。那天晴朗溫和，是個舒適的十一月天。現在，友箏急著要去曼哈頓西端的叔叔家和堂哥JJ玩了。

【第一封信】

他不准我丟掉他的維尼小玩具和雪人布偶，我也不願意丟。
我要他長大，又要他繼續做小孩。
不做母親，難想到我會自私又矛盾到這樣。

——張讓

安捷是自己發現這個世界的。
等到我們想和他談到某個話題的時候，
通常他已經有了某種意見，
於是自然而然的我們只有一種談話方式，就是討論。
我沒有使用過命令式，
十七年來竟然沒有使用一次命令語氣的經驗……

——韓秀

寫信

小子十二歲

韓秀：

有件事我覺得好玩。近來友箏開始害羞了，不肯在我面前脫光衣服。

我說在我面前有什麼好害羞的，但他就是遮遮掩掩，不然關了房門。

能相信嗎？他已經開始走向成人的過渡階段了！

十多年前，友箏連我眼中的一星光芒都還不是。那時我結婚已經好些年了，還不確定人生或自己到底是怎麼回事，但開始想（你知道我總以爲凡事應該從思考開始）基因裡從青春期以來就嘮叨不停的繁殖後代這件眞眞正正的人生大事。我先跟基因指令打架，決定抗命。過了幾年，我對以理性處理這事（甚至許多事）失去了信心：

——如果基因的話竟而是對的？

——我在地球上才二十多年，而人類基因日夜打磨智慧可有好幾百萬年了！

因此，就有了友箏。

到確定自己的身體開始造人了，小小子還只是個陌生的想法，怯怯住在我腦袋裡不常打掃也不須打掃的角落裡。然後，影片一個快轉，那想法落地了。護士把那個忽然不再是想法的東西擦乾淨了包好放在我胸前，我看了一眼，見到一張皺巴氣憤的老臉。

「你剛生下來時很老，大概有七十歲，是後來越長才越年輕。」我這樣告訴友箏。這時友箏六歲了，我們正在科羅拉多山間旅行，從科特茨往特魯瑞德路上。一路上天空晴朗，景象開闊，是我最喜歡的平原和山景。小子對風景毫不感興趣，坐得很煩，每幾分鐘就問到了沒有，要我講故事打發時間。於是我講他的出生神話。

「你剛生下來時很老，大概有七十歲。粉紅色皺巴巴的一個小老頭，很難看。護士把你放在我胸前，我已經很累了，醫生還在替我縫傷口。你這個小老頭，在我肚子裡住不耐煩了，打雷打鼓喊要出來，卻又找不到門口，亂摸亂撞了十個鐘頭，把我痛個半死。所以等你這笨老頭掉下來，我已經沒力氣了，看見這麼一隻小猴子樣的東西，就說：『拿走，我看夠了。』」

小子眼睛發亮，催：「還有呢？」

「沒有了。你就長大了。」

「哪裡！再說再說嘛！」小子半求半命令。

「你原來只有一點點大。先是只有一粒細胞那麼大，然後有針尖那麼大，然後有綠豆那麼大，然後有蝌蚪那麼大，長得快極了。我的肚子是你的房子，你的球場，你的廁所。」廁所？眞的？小子大樂。「是啊，你在裡面游泳，肚子忽然緊張起來，於是像海鷗邊飛邊拉，你這小子就撒啦！」他嘻嘻直笑，任何關係屎尿的東西對他都是最好玩的笑話。「你還會和我說話，和我心電傳音。」眞的？他眼睛張得月亮大。「當然是眞的，你用的是胎語，只有做媽媽的聽得懂。有時你高興了就左踢兩腳右踢兩腳練武功，這時候我的肚皮就像鼓一樣咚咚咚響一跳一跳的，我趕快叫：『爹地你看你看！』你小時還沒我小指頭大，我躺在床上看書就把你放在我耳朵裡，你在我耳朵上上下下爬，累了就蜷起來在耳朵裡睡覺。等你膽子大一點了會從我耳朵上爬到肩膀上，到我胸上。等你膽子更大了才敢往上爬到我頭頂，亂抓亂弄我頭髮。等你有一條吐司麵包那麼大了，我看書你就趴在我胸上睡覺，你的頭頂心剛好對我鼻子，好像玫瑰加桃子香，好好聞，我沒聞過那麼好聞的香味。我一直研究不出來怎麼你的頭會那麼香。可惜等你大一點那香味就沒有了。」

「還有呢？」

「沒有了。你就長大了。」

「有啦，還有啦！」

友箏非常愛聽自己的出生神話，永遠聽不厭。我每次講時版本都不一樣，總是舊說加上新編——老實說，不太記得自己上次隨口說了什麼。

於是忽然他就長大了，從叫爹地媽咪進化為叫爹媽，中間嘻嘻哈哈哭哭啼啼，有多少我忘記了的小故事。這時我後悔沒盡到身為作者的職責——我沒做筆記，只有零零星星記在紙片上，後來也找不到了。你做了筆記嗎？

現在小子十二歲了，兩道劍眉，略斜的眼神采清亮。

幾天前B說：「嘿，友箏幾乎跟你一樣高了！」

我和友箏並肩一站，果然可以齊眉了。我一點也不驚奇。這傢伙暑假裡身高直抽，腳丫子猛長，才剛給他買了雙大球鞋，他那雙筷子腿足蹬龍船球鞋的模樣，讓我馬上想到卓別林在《淘金熱》裡那對蹬了圓麵包跳舞的叉子。

張煒小說《外省書》裡一個叫史珂的老人想：「孩子嘛，要麼沒有，要有就得亭亭玉立，驚世駭俗。」

友箏我看一點都不驚世駭俗，他是基因撰寫不斷的人類故事中的一部。知道嗎，我絲毫不覺得是作者，或甚至是副作者！我是讀者，每天讀他，充滿了驚奇。這是當初拿我做房子的小傢伙？他當初還不是我心裡的一絲念頭，而現在已經快要脫離童年了。我替他捨不得。他不准我丟掉他的維尼小玩具熊和雪人布偶，我也不願意丟。我要他長大，又要他繼續做小孩。不做母親，難想到我會自私又矛盾到這樣。

都說天下父母心。你呢？你的安捷可算是大人了呢！

祝好。

張讓

安捷十七歲

張讓：

你的信讓我大吃一驚！你居然會感覺看到十二歲的兒子的身體是理所當然的事情！你知道嗎？自從安捷可以自己洗澡、自己穿脫衣服起，我就讓他擁有隱私權，連去看小兒科醫生，我都會自動等在門外。每天清早安捷睜開眼睛，很喜歡我已經將他今天要穿的衣服放在床頭，他會在漱洗之後，自己在房間裡穿戴整齊。我看到他的時候，他或者穿了外出服，或者穿著睡衣。事實上，他脖子以下、膝蓋以上的部位，我已經多年不見了。他看到我，也永遠沒有衣衫不整的時候。在他的看法裡，這就是他完全可以接受的生活方式。

安捷的出生完全在計畫中，J和我結婚四年，我已屆三十九歲，如果想要一個孩子，那時候幾乎已經是最後的可能，於是他來了。九磅重、二十三吋長，驚天動地來到世上，哭喊幾聲之後就微笑看我，臉龎紅潤，眼睛碧藍，好像已經滿月的樣子。出生不到四十八小時就去拜望八十八歲的太外婆。太外婆無錫人，是一位眞正的酒仙。安捷見到老人，燦然一笑。老人大爲高興，用筷子蘸了一滴杯中物送到安捷的小嘴裡。J大爲緊張，連問：「那是什麼?!」老人輕鬆回答：「一滴『五糧液』而已。」我多少有一點擔心，安捷卻展現大將風度，不但甘之如飴，甚至大笑出聲。老人家喜上眉梢，大聲讚美：「又是一條好漢！」從根上證實了兩人之間的基因紐帶。J的震驚你當然可以想像。

和友箏大不相同，安捷從來不問他的「出生神話」，偶爾，J和我會談到前塵往事，安捷只是靜靜的聽，面露微笑。一般來說，他是自己發現這個世界的。等到我們想和他談到某個話題的時候，通常他已經有了某種意見，於是自然而然的我們只有一種談話方式，就是討論。我沒有使用過命令式，十七年來竟然沒有一次使用命令語氣的經驗！

安捷長大，我沒有做筆記，但是一切都是那麼新鮮有趣啊，點點滴滴刻在心版上。安捷準確的大叫出聲的第一個辭彙，不是媽咪或爹地，他的第一個字是「TAXI!」據說，我的第一個字是「OCEAN!」注定了對自由的終生追求。

那時候，我們住在紐約上東城，安捷十四個月大。我推著兒童車，安捷坐在車裡，我們在寒風裡散步。沒有任何徵兆，忽然，安捷高舉右手，伸出食指和中指，歡聲大叫：「TAXI!」說時遲那時快，一輛紐約黃色計程車猛地在我們身邊急煞車，輪胎摩擦地面刺耳的「咂啊！」大響。駕駛先生一頭亂髮在風中狂舞，他心緒極佳的「垂」問：「年輕人！您要去哪裡？」

安捷雙眼放光，樂得前仰後合。還有什麼可說的？我收起沉重的推車，抱著安捷坐進計程車，請駕駛先生帶我們去坐落在第五大道的FAO（舒爾蒲）玩具店。

從此，安捷「明白」，他的獨立自主幾乎百分之百的會得到我的配合與響應。而那一天，安捷的藍眼睛像寶石一樣熠熠生輝，是我一輩子也忘不掉的最美的鏡頭。

安捷十七歲了，不受名校蠱惑，自己選中州立喬治．梅森大學的電腦科學專業，搬進宿舍，開始了他的青年時代。離開家半個月之後的一個週末，他回家取書，忽然之間俯下身來（他已經六呎五吋高了），異常親切的問了我一個問題：「Mom，不知爲什麼，我『記得』和BENETTON有些瓜葛？」

我腦筋飛轉，安捷和BENETTON有瓜葛的時候不到兩歲，他不可能記得。但是在他長大的日子裡不只一次看到他身穿這家公司毛衣的照片，大概也聽我們說起過這件事。現在，他自己住在大學宿舍裡，夜深人靜時分，竟然在回頭看自己的童年時代嗎？

「你在兩歲的時候，曾經是這家公司的模特兒。」我氣定神閒。

「他們怎麼找到我的？」他的眼神深不可測。

「我和你在麥迪遜大道逛街買東西的時候，他們的攝影師攔住我們，希望將你身穿BENETTON毛衣的照片掛在他們位於時代廣場的大櫥窗裡。」

「那麼，爲什麼我沒有變成『百萬』兒童？」安捷狡黠地笑。

「他們有簽約與不簽約兩種方式，你父親堅持保護你的隱私，不准時裝公司出讓你的姓名、地址，一張照片而已，而且到此爲止。你父親堅信孩子過早出名會帶來不快樂。」我微笑。

「照片眞的掛在時代廣場嗎？」安捷眼神閃爍。

「當然，我還帶你去看過，指著半空中的照片給你看，跟你說：『安捷，那就是你呀。』你一點興趣也沒有，忙著欣賞街頭藝人跳舞……」

「老爸，這都是眞的嗎？」安捷笑著轉向J。

「嗯，是有過關於這件事的討論，詳情細節已經記不得了。」J漫應道。

你看，父親和母親如此不同。你家怎麼樣呢？

祝福。

韓秀二〇〇三年九月十七日

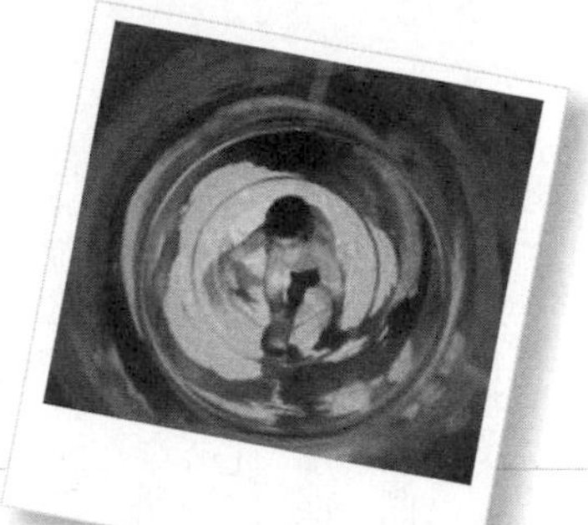

不必說，上學是友箏最痛恨的事了。
每個星期天晚上他一定垂頭像枯萎的小草，
說，但願是星期五就好了。
但願暑假九個月，上學三個月。沒有學校就好了……
他對學校的態度從小到現在沒有變過，只有一個形容：深惡痛絕。

——張讓

【第二封信】

安捷和他的得獎作品

惡劣的天候，他竟然不在家！
我不知道他有沒有淋到雨，
我也不知道大學食堂能不能提供熱氣騰騰的可口飯菜……
我只知道一件事：
安捷一如既往熱愛學校，喜歡做功課，對課業永不厭倦。
十五年來，竟然沒有改變。

——韓秀

沒課！沒課！

韓秀：

很高興伊莎白颱風小姐沒給你們造成災害。她在我們家前後院颳了一地松針松果還等著掃呢。

我們這裡風勢算輕微的，幾乎沒雨，颱風當天我還特地和朋友到附近的沙尖角去，海灘上飛沙襲人白浪翻滾，但不夠驚人。我想看巨浪從半空潰決而下，好見識一下那種毀滅的氣勢。不過我故意靠近水邊，見波浪衝來急忙大喊大叫飛奔逃命，還是像小孩一樣開心。那時我真是可惜友箏不在場，不然我們可以並肩站在水邊，想像狂風帶來巨浪，那浪像山峰拔到可怕的高度，然後當頭朝我們蓋下來，讓我們尖叫逃命又開心大笑。我們總愛玩想像的遊戲，一小撮的想像就可以移山倒海。你想，我們若要伊莎白還原到五級威勢改道在紐澤西登陸，會是多麼容易！

友箏這傢伙伊莎白還沒到就巴巴直問我：「會不會停課？會不會停課？」結果颱風結結實實橫掃你們那裡去了，我們這裡沾個邊，不過是個有雲的颳風天。他只好還是悻悻一早上學去了，不過有個驚喜：第二天他在街口等校車，忽然對面他從小的玩伴兼同學雷恩穿了內褲跑出來，兩臂揮舞滿院子亂跑大叫：「沒課！沒課！」友箏回到家背包沒卸立刻狂呼：「沒課！沒課！」我還在睡（才七點多，對我太早了），他爬上床來親我，解釋情形，然後像媽媽對寶寶一樣好輕柔說：「你還要睡嗎？」我微微點頭，他便悄聲退出了。我朦朧想：快樂的小孩最多情，不必上課的小孩最快樂。從他房間傳來了樂高積木撞擊的聲音。他又回去造他那些造不完的太空船了。

不必說，上學是友箏最最痛恨的事了。每星期天晚上他一定垂頭像枯萎的小草，說：「但願是星期五就好了。」或者不時就說：「但願暑假九個月，上學三個月。」或：「沒有學校就好了！」或威脅：「我不去上學！」無疑現實太有限了（不能分子傳送又沒有時光旅行），他語彙裡總有很多「但願」，多數和上學有關。他對學校的態度從小到現在沒有變過，只有一個形容：深惡痛絕。他腦袋裡單有一件事：玩，遊戲，作樂，享受。換句話說：自由自在。昨晚他才又問：「如果小孩不上學會怎樣？」B答：「政府就把家長關進牢去。」他說：「真的？」我說：「政府就把小孩從父母家帶走，送到學校去住，再也不准回家了。」他知道我們在胡說（和他說話我們常七分玩笑三分認眞），意思是上學是政府規定的。

上星期某晚是家長訪校日，我像友箏一樣隨同許多家長搭校車到學校，每班十分鐘，一班班換教室聽他的必修課選修課各老師報告學科內容和計畫。學校去年冬天才蓋好，到處都白亮嶄新。我聽各老師的報告，看見教室裡齊備的科技器材，想到自己當年的學校，十分羨慕他的學習環境。然而友箏只有一句：「無聊死了！」不論我怎麼說，他堅持上學是天下最乏味的苦事。我也曾經幼小，也不喜歡學校，能懂友箏的心情。我雖不耐煩他老抱怨，但也實在同情他。我對友箏凡事盡量誘導，不強迫。強迫教育不就是強人所難？小孩乖乖上學只是不敢或無力反抗罷了，無異於腦袋上了緊箍兒的孫悟空，只等功成摘下緊箍兒還他自由。我記得自己曾多麼熱切希望趕快長大，一到了大學就猛蹺課，不然坐在課堂上神遊。但除非留他在家裡自己教，他必得上學。我沒法替他旋乾轉坤。

暑假裡友箏沒上夏令營也沒有其他活動，完全自由，除了我不時推薦他讀某本書、在網路報紙上看到了有趣新聞喚他來看、吃飯散步時和他閒聊各種話（譬如談電影、哈利波特、速食和宗教等），還有就是唯一的暑期作業：寫一本書。你看，我自己愛寫書，也要孩子寫，呆不呆？但友箏自己也愛做書，他有別致的小筆記本，裡面有奇怪的文字、符號和圖畫，甚至不准我看。我要求很簡單：十頁，一頁一章，可以用文字也可以用圖畫或是一起用，不能有空白頁。就這樣，簡直是舉手之勞。他不知道寫什麼，我和他討論題材時，他冒出一句：「從來沒人寫過小孩的哲學！」我一聽大好：「這就是題目了，你就做第一個寫這題目的人！」

眞的，我覺得這想法太好了。小孩的哲學？小孩會有什麼哲學呢？若我會寫些什麼？我毫無概念，等他的書。

他玩了一整個暑假的電腦遊戲。假期快完了，經我再三提醒催促加威脅，（哈，我們這傢伙經常要從好說退化成歹說才肯動！）他才終於完成了《兒童哲學》。相當粗製濫造，我叫他自己打分數，他給了B。還是有趣，我要當經典收藏起來。封面是個男孩腦袋伸出大紅舌頭，第一章就叫〈學校〉。但再說下去就太長了，以後再來談吧。小孩的哲學，理想的學校教育，都可以好好談的。

祝好。

張讓

學校風景

張讓：

看你的信實在是有趣得緊。想不到的，友箏竟然不喜歡學校嗎？

颶風過境，維吉尼亞州有不少重災區，樹倒屋毀、停水停電。我們的維也納小鎮倒是還不錯，水電供應充足。鄰居的大樹倒在草地上，沒有砸到房子已經是萬幸。J和好幾位男士因爲風災不必上班，就趕過去幫忙，將大樹鋸成木柴，垛了起來，給整條街添了些田園風味，竟是因禍得福了。

學校停課兩天，我想，也許安捷想回家住一晚，趕快清了一堆大蝦，準備給他加菜。哪裡想到，他打電話回家，先是問了災情，知道我們都健在就很踏實，順便告訴我，雖然停課，他依然準備待在學校裡，說是有一篇報告要交，必須稍稍用功一下。這重要的報告什麼時候要交呢？他說，十月中旬。還早得很，不急嘛。他笑笑說，他的數學教授是一位怪傑，提出的課業題目十二分有趣，他很想仔細做些準備，把報告寫得漂漂亮亮……看我失望得可以，J打趣說，這麼棒的大蝦，我們兩人吃，鐵定吃得十二分過癮。安捷完全沒有嫉妒之心，很紳士的道別之後就掛上了電話。

這一晚風狂雨猛，電視新聞播報員一再警告大家，沒有絕對必要，請好好的待在家裡不要到處亂跑。我只好下定決心，踏踏實實坐下來老老實實校書。書房外面，風聲雨聲，聲聲入耳，校了十幾頁，這才漸漸進入狀況。其實，我在想念安捷。十七年來這是頭一回，惡劣的天候，他竟然不在家！我不知道他有沒有淋到雨，我也不知道大學食堂能不能提供熱氣騰騰的可口飯菜，在這種隨時可能停電的日子裡。我只知道一件事：安捷一如既往熱愛學校，喜歡做功課，對課業永不厭倦。十五年來，竟然沒有改變。

這不是童話。安捷一歲半進入聯合國國際學前學校，那時候，學生的家長、保姆、司機、保鏢都得乖乖坐在一個大房間裡等待孩子們「下課」，課程長達三小時，課程中如果出現意外，比方孩子「攻擊」了小朋友之類的，大人必須馬上將孩子帶回家管教。我極其珍視那三小時的靜坐，可以好好看書寫字。有一天下課的時候聽到孩子們歡聲大叫，原來是老師終於答應了孩子們的請求，給他們一個題目，請孩子們做「作業」，孩子們齊聲歡呼：「Homework! Homework!」什麼樣的作業呢？畫一張圖！

在蹦跳著的孩子們中間，我看見安捷興奮的臉，閃閃發光的眼睛。他們是那麼熱烈的要求著要做功課啊！

那是多麼美好的一個晚上啊！安捷那樣認眞的、一筆又一筆描摩他心裡的紐約，那些高而直的線是他對巨大建築物的強烈感受吧？那些藍色的星星是他在小床上憑欄遙望，離他最近的美麗吧？讓我讚嘆不已的是他一絲不苟的態度，畫了一張又一張，直到滿意爲止。孩子第一次的作業啊。老師在畫上貼了那麼大一個「笑臉」，表示讚美。安捷幸福的表情，我現在都記得。

小學一年級，老師出題「Life」，安捷畫了一個「火山」，濃煙滾滾，山兩側有兩棵樹，靠近濃煙的部分已經焦黑了，另外半邊卻長滿了綠葉。老師將這份作業張貼在學校走廊裡好久。老師也曾經含淚跟我說：「孩子的心裡竟然有著那麼強烈的意念，怎麼不讓做老師的心生警惕呢？」

那時候，我已經知道，安捷必然是一個好學生，他在受教育的過程裡不斷「按摩腦細胞」。課業如同競技場，大家在一個共同的範圍裡各自表現，用功、用腦子、舉一反三的程度不同，效果不同，其過程本身就是學習與成長啊！

哪一個孩子不喜歡遊戲呢？安捷當然也喜歡，但是他最有興趣的是怎麼樣能夠「改善」某種玩具，讓它們更好玩更有趣更吸引人。現在他對各種類型的電動玩具也有成套的改進意見。

上個週末，我和他一塊兒去書店，順便問他宿舍裡的情形，他微笑說道：「你知道，大學生活裡最被大家津津樂道的，就是可以任意髒亂而沒有人管。我和卡文的房間裡有最好玩的X-BOX、PS-2和電腦遊戲，所以常常擠滿了人。他們走的時候會丟下臭鞋子、髒襪子、汽水瓶、沒有吃完的pizza、錢包和眼鏡。我在門上貼了一張安民告示，要求每一個進入我們房間的紳士注意衛生，並且嚴格控制他們滯留的時間。」

「有沒有用呢？」我問。

「有啊，現在『亞當樓』的情況大大改善了呢。」安捷笑得很神氣。「噢，差點忘記，我交到一個有意思的朋友，我們可以下圍棋，拿著黑白子大戰一番。」

課業加電玩加圍棋。腦細胞的按摩無休無止，這學校風景夠精采了。

我還有什麼可說的，只好舉高手臂，輕拍他的背，意思是囑咐他注意勞逸結合啦。至於他「寫書」的故事，就留到下次吧。

祝福。

韓秀
二〇〇三年九月二十四日

友箏寫給爸爸的卡片。

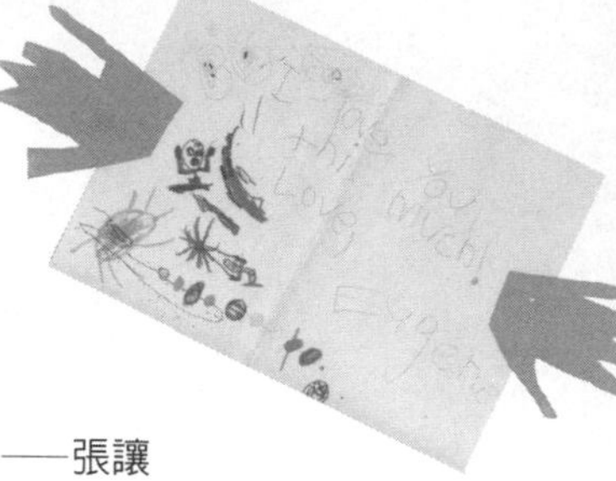

我們不都曾夢想過一個自由自在為所欲為的世界？
你呢？不會也夢想一座島吧？

——張讓

我十二歲的時候，悄悄夢想造一艘船，
順風順水離開那塊充滿禁錮的大陸，
駛向自由，且百折不回。

——韓秀

安捷和他的城市，紐約——曼哈頓。

如果童年和快樂有形狀

韓秀：

我剛從前院掃了落葉進來。眞快，十月了，暑假忽然好像已經過去很久了。

今年暑假尾，我們沒跑遠去度假，開車就近到東北角的緬因州（穿過五州也要四百多哩）去玩了幾天。在那裡，友箏找到了「他的」島。我先不多囉嗦，你看看友箏自己寫的。

我在緬因的小島

在緬因一家旅館邊上有座小島，小島的主人是友箏．考夫曼。這個叫友箏．考夫曼的人是我。是我這暑假到緬因時第一個發現這小島的。我們住在湖景旅社，面對中央島（或，我的小島）。我們用旅社的獨木舟划向島去，因為是我最先上岸的，我就說是我的島。島上有十二個要點。下面是我給它們各取的名字：犧牲洞、懸崖、海灣、守望角、死角、花園、林子、中岩、狹溝、死人掉、指頭和吊板。附上地圖。

不用說，這篇「傑作」是經我再三鼓吹出來的貨色。在緬因時，友箏做什麼總不起勁。我們去坐三桅帆船遊海灣，乘風滑行，船身常大斜到人直要溜下甲板去，他皺眉批評：「超無聊！凍死了！」去爬山，一路大石磊磊上坡，直叫：「好累！還有多遠？下山吧！」（至少到了山頂景象開闊，大風呼呼直要把人颳下去，他又高興了。）那幾天裡他不知問了幾次：「我們什麼時候回家？」只有在那島上他「活」起來了，像換上新電池的玩具滿地蹦了。我不免想：這樣鮮事當然不能就讓它溜走了。於是鼓勵他記下來。

就像友箏寫的，是他和B兩人先划獨木舟上岸的。等我們另一船到，友箏已經周遊過全島，傲然宣布：「這島是我的！」他熱切牽我的手：「媽，我帶你去看我的島！」他帶我去看他可以坐在那裡「沉思宇宙」的方正大岩，帶我跨過岩間裂出來的一道深溝（我假裝怕會掉下去），帶我去看隱蔽的守望角。他快步在前面跑跳，聲音輕快，像個主人得意展示他的住家和收藏。我們問他：「你爲什麼這麼喜歡這島？你一個人要在島上做什麼？」而他的快樂染活了空氣，我們坐在石上，早晨的陽光清明，四面湖水，岸邊戶戶人家，不遠處一群海鷗浮在水面，不時一鷗振翼飛起，嘎嘎唳叫。在這乾淨安寧的小世界裡，確實可以做忘世的自然人。而我們不忘取笑友箏：「島太小了，你會馬上就厭煩的！」「你要睡哪裡？搭帳篷嗎？」「吃什麼？藍莓？」等等。那幾天裡，我們每天早餐後第一件事便是應友箏要求，划獨木舟到友箏的島上去，一路上看海鷗和蓮花，編織海盜故事製造驚險和刺激。到了島上，友箏必興高采烈，拿出主人的風度招待我們周遊他的王國。如果童年和快樂有形狀，在那一刻恰恰是座與世隔絕、完整自足、十五分鐘可以逛完的小島。這島是一個男孩的私人宇宙，就像孫悟空的花果山水簾洞！

這讓我想起友箏上學期選修的〈藝術和建築〉課上設計的理想住屋。他的理想家屋除了十分寬敞，有自己的戲院、遊戲房、圖書館、游泳池、屋頂花園和野生動物園（對此我十分驚奇）外，最奇特的是：在一座小島上。顯然友箏始終渴望完全屬於自己的空間，緬因的小島可說是遊戲式的實現。

回到家，緬因忘在腦後，友箏的小島王國好像也不存在了。我幾次問：「你記小島的文章呢？」終於他獻上一張撕下來的活頁紙，螃蟹鉛筆字爬過八成紙面，餘下是一小張地圖。「就這樣？」我問，十分訝異就這寥寥幾行。在我想像的版本裡，應該有如何「發現」島嶼的詳細描述，譬如在水上遭遇海盜伏擊，他和爸爸怎麼以智取勝登陸島嶼，然後環島探險，發現各處神祕洞穴、岬角、峽灣、樹林等。我雖沒要他寫《西遊記》或《愛麗絲夢遊奇境》，這樣乾巴巴幾個字像掉在地上好幾天的飯粒，未免太對不起那小島吧！我又問了一次：「就這樣？」小子篤定點頭說是。他的想像力呢？他在島上對我的種種描述呢？

其實我可以理解，吸引他的是人在島上，是和爸爸兩人划了獨木舟在想像的驚險中登陸探勘島嶼，是在他人之前宣布這座島嶼屬於他，裡面的一石一草他無不熟悉。只有在那裡他可以說世界全然屬於他；他是王，是宇宙的立法者——我們不都曾夢想過一個自由自在為所欲為的世界？

我想想自己，有趣：我想要住在天地開闊人煙稀少的地方，但不要島嶼。島嶼經驗我已有過了。

你呢？不會也夢想一座島吧？

祝好。

張讓

涉足未來

張讓：

我剛從好山好水、多新聞的宜蘭回來，馬上就投身強度很大的鬱金香栽種活動。四百顆球根終於妥善安置了，這才踏實下來，可以好好的回你的信。

友箏在緬因的小島讓我想到安捷十二歲時候的「大部頭創作」。那一年夏天我們自希臘回國省親，是個長假期，於是安排安捷到約翰．霍普金斯大學的夏令營去，其研習項目是他自己選定的「程式設計」。安捷和一位還抱著維尼小熊的韓裔小朋友共用一個滿舒適的寢室，活動由碩士班的青年帶領，老師和學生都是一派生龍活虎的模樣，讓我們非常放心。

兩個禮拜以後，我們遵照約定來到夏令營接安捷，他很安靜的坐在他們的電腦房裡，愉快的和一位遠在瑞典的朋友「聊天」，讓我初次見識到「網」的威力。

然而，更大的驚異來自兩位導師的展示，他們給我們看安捷在這段時間裡創作出的一個「東西」。「這是一個『巨大』的程式，包括進攻、防禦、重建、再破壞等等。」導師中那位帥哥很輕鬆的介紹說。導師中那位美麗的小姐比較善解人意，她微笑告知：「差不多是一部小說。」

既然是一個虛擬的世界，我就稍稍安心，靜靜從兩位青年的述說中去追蹤、尋找安捷「設計」的思路。我甚至絕望的想：這大概是我最後的機會去了解一個由安捷創造出來的東西，將來，沒有了必要的解說，安捷將他的思路關閉在一張張磁盤上，我還有什麼指望去「讀」它們呢？於是專心「享受」眼下的可能。

……一次毀滅性的戰爭之後，在一個眞正堅硬無比的石頭島上，一個少年人還存活著，在一個深不可測的隧道裡，他找到了一位美少女，他們開始一步一步重新建設這個島。移山塡海的大工程有七位偶爾飛過的小精靈幫助他們完成。於是，在山丘上，一個小小的城堡矗立起來了，城外有護城河、鹿砦，防範著來自什麼人或獸的攻擊……

我放心了，那城堡像極了奧林匹亞地區的羅馬古堡，連那霧氣終年不散的詭異氣氛也沒有漏掉，而被「作者」由伯羅奔尼撒大地搬到了這個島上。

……在一個閃閃發光的早晨，一塊巨大的漂流木將一位善良的老人帶到了此地。

少年救起了他，看到他微笑的藍眼睛，看到他滿臉被海風刻下的皺紋。不知何故，老人雪白的襯衫不但整潔如新，而且鼓脹如船上的風帆。這位智多星馬上決定在島上落腳，他不但在城堡附近安營紮寨，甚至開鑿出一瀑飛泉，發現了紅寶石和藍寶石的礦藏，當然，他更爲了防止海盜來襲而指揮著小精靈們建築了無數水下陷阱。最讓少年開心的，智多星極會燒菜，酥炸海鮮是最拿手的「魔術」……

這就是了，這是安捷美好的安德魯斯島上經驗。這個島的飛瀑流泉極爲著名，這裡是船王歐納西斯的故鄉，盛產寶石，而且沒有被開發成旅遊景點。幽默、詼諧、滿嘴故事的老水手森塔里奧尼斯曾經帶著安捷展開的田野調查，被妥善複製在大浩劫之後的島上了。連老水手的烹飪絕活也沒有被遺漏。

……女孩縫製了美麗的窗簾、桌布、餐巾、烘烤了點心，大家圍坐喝下午茶，看夕陽西下，小精靈們在樹皮做成的紙上，用羽翎筆寫下如歌的詩句……

J笑了，一副如釋重負的模樣。「有樹皮，自然是有樹的了？」我喃喃自語。

「何止有樹，春天的時候，這個島被鬱金香覆蓋，美不勝收！」導師也笑了。

「這個島總有個名字吧？」J終於發問。

「這個島的名字就叫做曼哈頓！」導師心滿意足。

安捷不發一言，沒有對這個涉足未來的程式做出任何說明和解釋。從他若有所思的表情裡，我直覺這一切於他而言眞正是牛刀小試，他的想像力將由此騰飛，而我們站在地面上望向空茫之處，留在心裡的也只能是這部作品的餘溫。

至於你問我的，是否「也夢想一座島」，我十二歲的時候，悄悄夢想造一艘船，順風順水離開那塊充滿禁錮的大陸，駛向自由，且百折不回。僅此而已啊！

祝福。

韓秀

二〇〇三年十月二十九日

音樂如驚濤拍岸，一波又一波撞擊著海岸的岩壁，直直下落，喘息片刻，
再聚集起力量，再次高高捲起，再次鋪天蓋地而來，
再次如巖巨石上撞得粉碎，化為水沫，沉入海面。

——韓秀

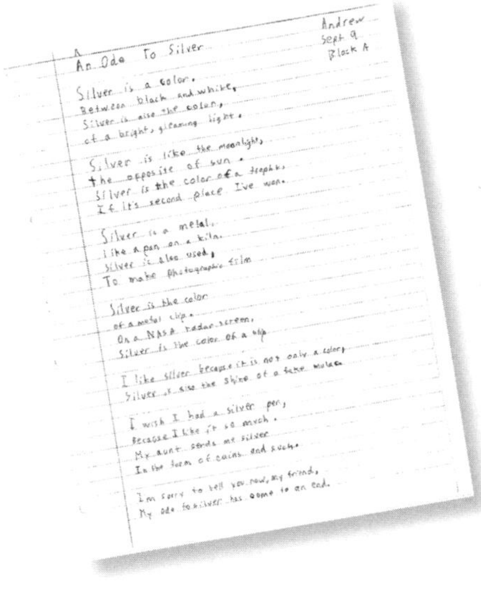
An Ode To Silver

Andrew
Sept 9
Block A

Silver is a color.
Between black and white,
Silver is also the color,
of a bright, gleaming light.

Silver is like the moonlight,
the opposite of sun.
Silver is the color of a trophies,
If it's second place I've won.

Silver is a metal.
like a pan on a kiln.
Silver is also used,
To make photographic film

Silver is the color
of a metal clip.
On a NASA radar screen,
Silver is the color of a ship

I like silver because it is not only a color,
Silver is also the shine of a fake mulan.

I wish I had a silver pen,
Because I like it so much.
My aunt sends me silver
In the form of coins and such.

I'm sorry to tell you now, my friend,
My ode to silver has come to an end.

安捷六年級（11歲）時的課業，
是一篇短篇小說。

第四封信

看見友箏，偶爾我會想到自己童年相對的欠缺。
我們沒有自己的房間，沒有滿屋的書、音樂和電影錄影帶、影碟，
父母沒有時間也沒有學問。

——張讓

如潮的樂聲

張讓：

你們一家現在正辛苦奔波在歸途上，希望一路順暢。

很抱歉，安捷將他的電玩設備全都帶到學校去了，結果，友箏來了，竟然沒有東西玩。而且，安捷也多少有些心不在焉，他的心在何處我當時並不清楚。

和你們一家在波多瑪克分手之後，安捷馬上婉轉提出希望回學校去，這樣一來，他當天清早六點鐘就和我奔到商場去買跑鞋也就有了解釋。連他寒假打工的商店，他也只是從家裡打個電話，約定聖誕節前最爲忙碌的時段趕去幫忙而已。然後，我和J就在冷雨中開車送他返校了。

J留在停車場，我和安捷提著他的書籍、衣物匆匆穿行在漆黑的雨幕裡，奔向「亞當樓」。拾階而上的時候，我走在前面，清楚看見台階上溼溼的鞋印。鞋子必得完全溼透才會留下這樣完整的印跡。看來有人已經回來，而且淋了雨。樓道拐角處停放著一輛自行車，瓦藍的在燈下泛著水光。那孩子是在感恩節後第一天，這種漆黑的雨夜裡騎著自行車返校的。大學周圍即是通衢大道，光天化日之下騎車已經不易，更何況這種水霧四濺的雨夜！我也就多少明白了安捷早些時候「心不定」的緣由。

隨著安捷的鑰匙在樓層大門的鎖孔裡喀啦一響，一個紅髮青年已經跳將出來，我們進得門來正好和他面對面。他剛剛洗過澡，短短的頭髮溼漉漉筆直豎著，上身一件T恤，下身一條寬大的運動褲，光腳站在冰涼的水泥地上，臉上的表情只能用「喜出望外」來形容。樓道裡的靜謐一下子被我們三個人的聲音打破了。

安捷介紹說：「這是丹尼。」丹尼馬上熱情表示要幫忙把我手上的衣物接過去，我再自然不過的催他趕快去穿上拖鞋，「不要著涼！」話音剛落，就後悔不迭，因爲我清楚看見了丹尼的眼睛裡一閃即逝的悽涼。這孩子不知有多久沒有聽到人們關心他是否著涼的話語了。我們視爲當然的關心，有時候會觸痛到一些非常敏感的部位。

他錯身讓過我們的時候，我聽到了兩個年輕人簡短而默契十足的對話。

「你的感恩節如何?」是安捷稍稍急切的詢問。

「棒極了。」是丹尼沒有任何感情色彩的回答，「一如既往的嘈雜。」

「我們收拾好了，馬上過去找你。」安捷的語聲充滿了暖意。丹尼紳士的點頭爲禮，悄無聲息的消失在一扇敞開的寢室門後。

我的心裡七上八下，冒雨騎車返校的丹尼想必來自破碎而冷漠的家庭，對比安捷的景況，那孩子的心境該是怎樣的況味！我眞想跟安捷說，聖誕節請丹尼和我們一起過節。然而，我終於沒有開口，丹尼是如此的自尊，怎麼會接受邀請？

「媽媽，你聽到音樂嗎？」安捷輕輕問我，「昨天，我跟你說我們聽一種很大聲可是很安靜的音樂，這就是了。是丹尼最喜歡的，也差不多是他唯一的唱片。」安捷的眼睛裡有一種我未曾見過的成熟，是那種眞正體諒他人的、有距離的深度關切。音樂如驚濤拍岸，一波又一波撞擊著海岸的岩壁，直直下落，喘息片刻，再聚集起力量，再次高高捲起，再次鋪天蓋地而來，再次在如巖巨石上撞得粉碎，化爲水沫，沉入海面。周而復始，無窮無盡。這是壯烈、哀傷而無望的音樂。我聽得心顫，只能默然。

我們十分默契的在斗室裡團團轉著，很快就收拾好了。安捷送我出去的時候，樓道裡繼續轟鳴著如潮的樂聲，我聽到安捷在我耳邊悄語：「放心走好，一切有我。」大門一關，門外只有孤燈一盞，雨簾更密更急了。抬頭望去，整棟樓只有兩扇窗戶閃著溫暖的燈光。

J聽說只有安捷和丹尼兩個人在宿舍樓裡，很輕鬆的笑說：「他們是大人，會照顧自己。」我心裡卻滾動著那不肯止息的樂聲，心酸不已。

希望此時此刻你們已經快要平安抵家了。

韓秀二〇〇三年十一月三十日

回信

好一陣咖啡豆雨！

韓秀：

感恩節才在維吉尼亞和你一家匆匆見過面，回到家就又收到了你的信。

午後我在廚房泡咖啡，一邊想怎麼回信，不免有點心不在焉。油亮黝黑濃香的咖啡豆放進小電動磨裡了，按下鍵卻毫無反應。我把蓋子拿下，研究控制開動的機關，拿叉子尖探觸是不是卡住了。叉尖一按下去，馬達忽而轟然飛轉，一蓬咖啡豆如棕色煙火炸到半空撒下一陣咖啡豆雨，是廚房裡難得一見的壯觀場面。我一驚，回神才意會到發生了什麼事，不覺搖頭笑自己，這下犯的正是我常譏笑友箏做的那種迷糊事。可惜友箏不在家。人幹蠢事時需要觀眾，好放大那效果。且等我晚上告訴他們。這時水開了，水壺熱切呼叫，我關掉爐子收拾咖啡豆，想到了另一件蠢事。一次我在微波爐裡煮雞肝，肝炸開（這下可是眞炸開了）濺得裡面慘不忍睹，正是肝腦塗地加好幾倍那種景象。這事友箏逮到機會就搬出來捉弄我，害我不禁也有點得意。不然總是我嘲笑他怎樣怎樣，實在太不公平也太沒趣了。幸好我體貼，不是難得糊塗而是經常糊塗，幫友箏補給「對付」媽媽的火力。

講這無聊瑣事好像毫不相關，其實我想的是紅髮室友，丹尼可能有點心事，來自家庭問題。事實上，在當代美國社會裡，很可能幸福家庭不是常態，問題家庭才是。我心裡隨便一掃，就可以找到許多痛苦家庭或離婚的例子。反觀像安捷和友箏的家庭環境，也就是父母婚姻和諧、經濟寬裕、生活安定加上有文化教養，未必代表現在美國社會的家庭現狀。若從推測迪倫的家庭擴展開去，破碎或問題家庭極可能比比皆是。因此，當我一邊想怎麼回信一邊把咖啡豆炸得滿天飛，想的是對比不快樂的家庭，這惱人的小事正是家庭生活不可或缺的部分。表示我們並非沉浸在完美的假象裡甜言蜜語相互蒙蔽，而是時刻以彼此的缺陷相互觸犯、容忍和戲弄。一個正常家庭不是一味親愛歡樂，必然也有摩擦衝撞怒目相向的時候。我沒見過完全快樂的家庭，我所知的家庭都各有問題，都有其陰暗面。我自己的家庭就是這樣，我們一群仍然在裡面快樂長大。

看見友箏，偶爾我會想到自己童年相對的欠缺。我們沒有自己的房間，沒有滿屋的書、音樂和電影錄影帶、影碟，父母沒有時間也沒有什麼學問。我曾問婆婆是否嫉妒過自己的孩子的境遇，她說從來沒有。但我有時會羨慕友箏，甚至可說嫉妒。當我和友箏討論書籍、電影或時事時，會清楚意識到這樣深入的知性引導正是我童年裡沒有的。譬如感恩節時我們在電視上看到已經看過的老電影《祕密花園》，最後當少爺在花園裡撞到遠歸驚訝的父親，興高采烈解釋一切時，瑪莉卻覺受到遺棄跑遠了去哭。我覺得瑪莉的表現完全不合情理，有背她慷慨熱情的性格，懷疑是電影的捏造或誇大。我當場指出那幕戲的虛僞和無理，友箏也有點同感。後來我找出原著，一對照果然不錯，根本沒有那樣矯造煽動的情節。我拿給友箏看，讓他自己比較，他也覺得原著寫法比較可信。我趁機解釋小說情節推展必須配合人物性格，這是小說的內在邏輯，否則就顯得假、沒有說服力。問他懂不懂，他說懂，我知道他是似懂非懂。但這無所謂，重要的是他有這啓蒙。將來他心智夠成熟，想起來（若沒忘掉的話）自然就懂了。這樣撥開表象探索底下的分析討論，正是我最豔羨友箏的地方，好像恨不能是自己的女兒。其實，除了一點無可驕人的知識，我沒一點比得上我媽媽。

說得遠了，只因那紅髮丹尼。還是回來說泡咖啡。等我收拾乾淨咖啡泡好，剛坐下喝了一口就聽見友箏的校車巴士經過。過一會我到門口看見友箏已在院子裡了，我躲在角落，他一推開門我就「ㄏㄚˋ」一聲跳出來，他驚跳起來，我們一起大笑。晚餐時我告訴B和友箏我幹的糗事，他們倆果然搖頭微笑，並不驚奇。B說他簡直就可以看見那咖啡豆滿天飛的情景，友箏問我們可不可以再重演一次。
隨手就寫了一番瑣事。然家庭若不是瑣碎的集合，是什麼呢？

祝好。

張讓

我不敢確定是我真唬得友箏信以為真，還是他倒過來捉弄我，
早到了他反過來取笑我的時候了。說不定是小傢伙哄我！
不過我得承認，在友箏面前漫天胡說實在太好玩了……

——張讓

白天，我們玩在一起，讀在一起，
晚上睡前，我們將枕頭堆高，仍然坐著讀書。
我聞著他頭髮的香味，心滿意足卻又擔著心事，
不知如此快樂的讀書天會不會因為天災人禍而斷然中止。

——韓秀

故事裡的故事裡的故事裡的……

韓秀：

你們那裡下雪了嗎？前一陣我們家暖爐老朽停工（幸好在大冷以前），換新前家裡一星期沒暖氣，凍得我這條亞熱帶魚全身冰冷，坐在書桌前如僵在菜市場魚攤的冰塊上，裹了條小毛毯才稍微解凍。暖爐修好開動時，那轟轟的爐火聲眞是好聽：我們屋子換了心臟，活過來了，簡直像隻噴火龍要展翅凌空飛去。

昨晚友箏睡前，窩在他床上給他唸《魯賓遜漂流記》，唸得兩人哈哈笑，說給你聽。

本來我唸了幾頁，看他這傢伙迷迷糊糊快到ZZZ國（我們給睡鄉的稱呼）了，正打算收兵關燈，見他床邊一直擺的《幽靈收費站》（*The Phantom Tollbooth*，很可能安捷也唸過的），興起順手打開說我唸幾句重溫一下趣味。友箏叫太睏了不要唸，我堅持只唸一點就好，於是打開書到第一章〈麥婁〉，唸了起來：「從前有個小男孩叫麥婁，經常覺得生活無聊透頂，不知怎麼辦才好。」友箏微笑說：「麥婁就像我。」我繼續唸：「在學校時他恨不得人在校外，到了校外又渴望是在什麼熱鬧的地方。在路上時想要回家，到家了又想要出去。不管在哪裡他總希望是在別的地方，可是一到了那裡又奇怪爲什麼多事。」這裡我頓了一下打岔：「果然像某個我認識的傢伙。」（這句子我常用，友箏因此會心微笑。）我繼續唸：「夏天時他希望下雪，冬天又抱怨太冷。早上討厭起床，晚上不催又不肯上床。洗澡太麻煩，進了浴室又捨不得出來，抬頭閉眼兩手擺在屁股後，站定在蓮蓬頭下沖水像株向日葵，滿浴室霧騰騰的熱氣像蒸籠……」

「咦，書裡眞是這樣寫的嗎？」

「是啊，一點沒錯！字裡面有字，句裡面有句子，我唸的是書中書、故事裡的故事。你不知道每本書對不同人都不一樣嗎？新的字句會出現，只有讀的人看得見。你看的《幽靈收費站》和我看的大不一樣呢！」我繼續唸：

「有奶油配吐司時他要果醬，有了果醬又想要炒蛋。吃飯時他說要吃麵，有雞肉他說想吃牛排。要他往東，他一定往西。叫他安靜，他一定故意再弄些聲響。沒一樣東西引他興趣——尤其是那些該做的事情，譬如上學，他認爲是天下最無聊最浪費時間的事了。一天放學回家時，他悶悶想到學解沒用的算術題或拼那些長串囉嗦的單字一點好處都沒有，東西沒比較好吃，世界也沒比較有趣。學校只教沒用的東西，既沒教你早餐時該先放牛奶還是麥片，或是怎麼繫一哩長的鞋帶，或是校車上有壞蛋從後面捶你腦袋時怎麼辦，也沒教你在人行道上看見了肥圓蠕動的蚯蚓時是該一腳踩爛，還是撿起來放進嘴裡嚼嚼看是什麼滋味。」

「呃！我一定會一腳就踩爛！」其實友箏專救擱淺在人行道上的蚯蚓。

「說不定最好是放進耳朵裡，看看會不會從另一隻耳朵鑽出來。」噁！友箏叫。

「可是學校沒教，所以你不知道該怎麼做，可能最好是輕輕撿起來放回草地裡去。想到這裡，他眞是喪氣到走不動了。更糟的是學校以外生活一樣無趣，沒事可做，也沒地方可去。盧友箏這時更沒勁了，於是就大聲嘆了一口氣，那沉重的嘆息聲竟把半空裡一隻回家路上剛巧經過的麻雀打了下來，掉到他腳邊跌斷了翅膀。」這裡我又打了個岔：「你看，寫的就是你，連名字都是盧友箏！」

「哪裡有！」友箏笑辯。

「怎麼沒有？你看，書前第一頁說明，本書是根據紐澤西十二歲男孩友箏・盧・考夫曼寫的，裡面所說件件確實，絕無揑造。」

「眞的？我看看！」友箏早就忘記原先多麼想睡了，把書搶過去，從前面一頁頁小心翻。「哪裡有！」翻到地圖那頁停住說：「我最喜歡這張地圖。」於是我們一同逛了地圖一陣，從無知山、聲音谷、黯淡國逛到辭典城、知識海和結論島，才終於滿意闔書關燈。

我不敢確定是我眞唬得友箏信以爲眞，還是他倒過來捉弄我——早到了他反過來取笑我的時候了，說不定是小傢伙哄我！不過我得承認，在友箏面前漫天胡說實在太好玩了。但這幾年來他會歪了腦袋問：「眞的嗎？」像我，在給B唬得一愣一愣許多年後，才終於覺悟到他在捉弄我。

你呢？該也讓安捷捉弄過幾回吧？

祝好。

張讓

竟是無緣漫天胡說

張讓：

讀你的信眞正讓我百感交集。紙短話長還是先從下雪說起吧。我們這裡的第一場雪還算好，只有兩吋半厚。在下雪之前，我種了十棵杜鵑花，是三年的灌木，已經將近三呎高了，明年春天會開出橘紅色和藍色霧靉般的花朵來。第十株灌木被安置妥當的時分，天空開始飄雪了，待我將工具收拾妥貼，已經是漫天大雪。兩天之後又下雨，雪也就融化了，所有的植物都喝飽了開心得在小風中手舞足蹈。這幾幾乎是我的生活形態，永遠是緊湊到間不容髮。

看你窩在床上和友箏漫天胡說心生羨慕，讀書，於我而言永遠是生死攸關的大事，無法輕鬆愉快。我四歲啓蒙，讀書寫字，讀的是聖賢書，寫的是「人之初」，上手就是毛筆，講究的是橫平豎直。那是一九五〇年的秋天，在北京一個極其普通的小小三合院裡。外婆不用墨汁，我比四歲更小就學著磨墨，這時候已經能夠把墨磨得恰到好處了。外婆只說：「教你的書全部吃下去，那是任何人搶不走的財富。」足見那時候，外婆已經看清楚，不准讀書的日子已經不遠了。讀書如吃書是我從小練就的習慣。

待我有了安捷，自然而然的，他有同樣的「緊迫」感，一丁點大的人和我坐在一起，我讀，他的小手在字、句、標點上移動。白天，我們玩在一起，讀在一起，晚上睡前，我們將枕頭堆高，仍然坐著讀書。我聞著他頭髮的香味，心滿意足卻又擔著心事，不知如此快樂的讀書天會不會因爲天災人禍而斷然中止。書海無涯，窮其一生摸到個邊邊而已，因此，我們都讀得飛快，也同樣在買書、藏書方面不可救藥的毫無節制，竟然沒有漫天胡說過。只是在小學一年級的時候，安捷在課堂上複述童書 *Chic, Chic, Pong-Pong*，竟然大加發揮，把母雞和小雞之間互相尋找的過程大大「詩化」，添加了許多溫馨的細節，惹得老師眼睛都溼了。一笑。

總而言之，他的閱讀基本上是非常個人的，從十六個月大成爲紐約「I Can Read」閱讀俱樂部小會員起，就自然而然將書籍當成一輩子不可或缺的朋友。他還在高中的時候，台北未來書城主持人寫信給他，要他「開張書單」，他除了提出 *Dragon Lane*、*A Song of Ice and Fire* 這些百讀不厭的傳奇系列之外，還特別提出阿西莫夫的《機器人》

以及 R. Bradbury 的預言小說 *Fahrenheit 451*。華氏四百五十一度是紙張的燃點，這是一本談到「焚書」的書。安捷讀「飛」了一本，現在他手中的一本也已經破爛不堪，很快他會爲自己買第三本。爲世上可能失去傳遞自由思想的書籍而憂急，大概已經成爲安捷遺傳基因裡一個重要的組成部分。這也是爲什麼他從來不覺莎士比亞「沉悶」、「枯燥」，而樂在其中。今年，他也開始擁有自己的但丁，完全是他的選擇，我們沒有提供任何意見。我自己是高中一年級讀但丁的。至今，書架上還有一本四十多年前買的舊書，是中文本，文革中一個青年爲了保護這本書付出生命的代價，文革結束後他的友人將這本書寄還給我，每見到它，都會引發出無限感慨。

今年聖誕節，安捷期待的新書仍然是一本經典，A. Huxley 的 *Brave New World*，「聖誕老人」也會特別送他 Fredric Brown 的科幻系列。J 會得到 Easton Press 出版的豪華版十字軍歷史，我自己大概會得到一本較爲輕鬆的《閱讀紐約》。

然而，這兩天，我的心緒紛亂不已，七〇年代末，當年的《華盛頓郵報》記者麥可・維斯科夫曾經跟我惡補中文。每週兩個晚上，每次三個鐘頭，累極了就倒在地毯上做一陣伏地挺身，跳起來再接再厲。他是那樣頑強的猶太裔學者、那樣奮鬥到底的新聞工作者。十二月十日下午，他和《時代》雜誌的同事在伊拉克遇襲，他急智的將爆炸物甩出車外，救了四個人，卻在爆炸中失去了右手。日後，他應該還能夠讀書、寫作；我卻在想，他疲勞的時候，再也無法靠伏地挺身來恢復體力了。

你看，危難簡直是如影隨形，不肯離去。

我去看安捷，告訴他我所認識的麥可。高大的安捷把我緊緊抱住，在我的耳邊輕輕說：「麥可有書談及國內政治，我會找來看。」

他明天考微積分，後天返家度寒假。

今天我們這裡又下了近三吋的雪。電視上播報著薩達姆・海珊被逮的消息。我卻在想著麥可的右手，被炸成碎片的寫作人的右手，憂傷不已。

祝平平安安。

韓秀二〇〇三年十二月十四日

《飛龍聖戰》讓我想起自己二十幾年前寫的童話故事，
主角是個女孩，在海邊發現了一條龍……
你記得自己十五歲時在做什麼嗎？那時想過將來要做什麼嗎？
——張讓

第十八封信

每天無論天氣如何，
我都在大操場上跑足五千甚至八千公尺。
那是一段我不必面對任何人的獨處時間，
可以讓自己的想像力迎著寒風、沙塵、冷雨飛揚。
——韓秀

十五歲騎龍去

韓秀：

連續下了兩天大雪，足有一呎深。我見不得步道和車道掩埋，第一天下午就嚴裝長靴出去鏟雪。我叫：「友箏來，一起鏟雪去！」但他已經在後院雪林裡逛了一圈，現在要在屋裡取暖。我邊鏟雪花邊落，不時一陣大風颳起雪粉如煙，好像寒氣就是那形狀。

其實我不是要談風雪，而是要趁今年還沒結束談一本青少年奇幻小說。

晚秋時，有天友箏說頭暈腿軟，沒去上學。等他睡飽了我讓他起來吃早餐，見他邊吃邊研究桌上的電視節目指南，問他要不要讀《龍騎士首部曲——飛龍聖戰》（*Eragon*），他大大點頭。我拿了書來，他一打開就眼神放電要燒焦紙面那樣飛奔了下去。（這傢伙看書奇快，我常說他是掃描而不是讀，但他堅稱是一字字紮實讀的。）

到了午餐時間他還在床上讀，看來精神好得很，大有可以像主角艾瑞岡一樣騎龍沖天的樣勢。

午餐後我泡了咖啡，然後兩人各一杯（友箏的是九成九牛奶加幾滴咖啡）。他繼續飛讀《飛龍聖戰》（五百頁已經看完了近三分之一！）我則從容享受《魔戒》三部曲的前傳《哈比人歷險記》。（托爾金的開頭第一句就好！）外面陰灰天這時終於變成了雨淅瀝瀝打下來，我們溫暖的屋裡有燈光、音樂和咖啡香……

《飛龍聖戰》才剛出版不久，書本身也有個誕生神話。話說很久很久以前，有個小男孩叫……不，儘管我很想用那永不失魅力的開頭；但，老實說，這故事發生在現代今天的美國。話說在蒙大拿州天堂谷黃石河邊上（你看這地點地名不就像出自神話故事嗎？）住了一對夫妻，帶著一男一女兩個小孩。夫妻倆經營一家小出版社，兩小孩沒上學，在家受教育。（這背後原委我就不多說了。）夫妻倆教學相當嚴，但原則很簡單：順應孩子興趣，教他們怎樣獨立思考，但又讓他們有時間到外面的好山好水裡去野去玩。一家人生活簡單，家裡有大量書籍和電影錄影帶，極少看電視。結果兩小孩都熱愛看書，充滿了想像力。男孩十五歲時想到寫個自己愛讀的故事（其實女孩自己也寫），一寫就像洩洪停不下來了。故事主角是十五歲的農家少年艾瑞岡，有天在深山裡發現了一顆怪石帶回家去，結果發現竟是顆龍蛋……不用說，龍蛋孵化，故事很快就變得奇異複雜了。寫了三年，完成了《龍騎士》三部曲的頭一部，就是這本《飛龍聖戰》。

我在《紐約時報》上讀到這新聞時的第一個反應是：「哇，沒上過學，而且十五歲就寫書了！一定要說給友箏聽。」接下來慚愧（又嫉妒）的想：「我十五歲時在幹麼呢？不至於還在咬鉛筆玩泥巴，但寫長篇小說？恐怕一本日記簿都沒塡滿過！」緊接想：「我要趕快郵購這書來看看是什麼風光！」那天等友箏放學回來塡過無底肚腸後，我們到鄰近街道散步。途中我告訴他這少年寫書出書的故事，強調：一，他沒受過學校教育（我們曾討論過很多次他理想的學校制度，甚至他要不要選擇在家教育的問題）；二，他才十五歲；三，他在書裡學托爾金創造了三種（哇！）語言。友箏反應平淡，至少不像我那樣興奮。當然，他不太理解他媽媽對創作的熱情和不再年輕的感慨。我說：「我郵購了《飛龍聖戰》和《琥珀城》（*City of Amber*，另一本青少年奇幻小說），等書到了你看《琥珀城》我看《飛龍聖戰》，不准跟我搶（我們有時搶書看）！」他同意了。果然書到他立刻讀起《琥珀城》，幾小時就看完了，說等不及要看第二集。我呢，覺得和同類小說如《魔戒》和《地海傳奇》比起來，《飛龍聖戰》的文字和故事並不特出，在那山水間跋涉了好幾天才總算讀完，讀時一直記得：無論如何，作者才不到二十歲！因此，當他的第二集出來時，我還是會忠心的買來看。

那天下午雨越下越大，竟有夏天暴雨的架式，滿院子溼透的黃葉貼在地面。才四點多，陰暗得像暮深時分。而屋裡墨西哥歌聲大響，爐子上我正給友箏煨稀飯。我在書房，友箏在他床上不懈追隨艾瑞岡翻山越嶺，他這場小病十足是享受。若他今晚睡前就把全書看完，我也不會意外。那時我們就可以討論故事和寫法，拿來和《魔戒》、《地海傳奇》比較了。

《飛龍聖戰》讓我想起自己二十幾年前寫的童話故事，主角是個小女孩，在海邊發現了一條龍（中國的龍，細長、沒翅膀、不噴火、來時挾風帶雨的那種），像艾瑞岡一樣，也騎龍飛來飛去。那故事沒寫完，多年來我也沒再想過，甚至不知是不是留下了一、兩頁手稿。也許我會去抽屜找找看，甚至重拾那故事。

你記得自己十五歲時在做什麼嗎？那時想過將來要做什麼嗎？

祝好。

張讓

回信

同是十五歲

張讓：

你的信來得眞快，雪還沒化完呢！

談讀書眞是可以再來寫一本書了。最近幾天裡，J和安捷都來我的書房尋尋覓覓。J看到大部頭的 *The Tulip* 大爲吃驚，因爲他竟然不熟悉知名的英國作家 Anna Pavord，想不到一本「園藝書」會發展出如此規模。這可不是園藝書！我正色道，鬱金香是世間背負最沉重文化「包袱」的花卉，這本書是鬱金香悲壯的飄流史。「我只知道美國每年從荷蘭進口三十億顆鬱金香球根，不知道其歷史淵源，慚愧得很，要趕快補課了。」J邊翻書邊絮絮著。安捷卻問起 Lan Samantha Chang 寫的 *Hunger*，閒閒說起人際之間各種令人嘆爲觀止的複雜關係。我從書架上抽出這本書給他，他又小心詢問是否可以借閱三卷精裝本《梵谷的六百封信》。我當然慨然應允。對繪畫以及畫家的興趣大增完全是最近幾個月進入大學以後出現的新情況，我自然是大加鼓勵。

他們都抱著書高高興興上樓去了，我卻在自己的船形小書架上摩挲著 Charles Nordhoff 和 James Norman Hall 寫的一套書，談航海的故事。我最喜歡的一本是 *Men against the Sea*。這一套書你和B大概都很熟悉。我十五歲的時候，從女十二中保送進北大附中唸高一，被排斥在所有的集體運動項目之外，無論爭奪籃板球身手多麼靈活，扣出的球多麼刁鑽、古怪、凶猛異常，籃球隊和排球隊都對我置之不理。於是，我選擇長跑這樣一個別人都不願意參加的項目。一點也不錯，就是彼得・梅爾認爲最沒有意思、痛苦萬分的長跑。每天無論天氣如何，我都在大操場上跑足五千甚至八千公尺。那是一段我不必面對任何人的獨處時間，可以讓自己的想像力迎著寒風、沙塵、冷雨飛揚。「飛行」在六〇年代初，於我而言是無從想像的。大飢餓所帶來的巨大陰影還當頭罩著，跟「飛行」有關的事情不是我們這種「異類」可能沾得到邊的。然而，船卻是自由的象徵，造船專業不是特權階級子弟有興趣的，更不是女生們有興趣的。我的數學老師期待他「最有數學頭腦」的學生能夠升學，遂同意我在志願書上填寫沒人要的、相當艱苦的「造船」專業。我堅持長跑不懈，期待強韌的體魄日後可以在造船、駛向大海的時候派上用場。我當時沒有想到，風雨中的磨練在十二年的勞役中幫上了忙。

安捷的情形自然完全相反，他是人見人愛的「小王子」，十二分平順的長到六、七歲，忽然發現他的神經系統會自動發出緊張信號，製造不明痙攣，多半是胃，痛得無以復加，有時是肌肉、手或是臉部。經過腦部探測，醫生診斷，這個問題會在十七、八歲時自動痊癒，但是在漫長的十年中將沒有眞正有效的藥物可用。那時候，我們正準備駐節高雄，也曾經設想過讓安捷在家裡唸書的辦法，可以減輕壓力。但是，人類社會永遠是弱肉強食的叢林，安捷在我們的照顧下長到成年將不可避免的失去競爭能力。於是我帶著一瓶胃藥送安捷進了高雄美國學校，只是告訴護士，有時候孩子會胃痛，請她屆時給孩子一匙胃藥。

安捷堅強的自制力就在那三年裡被磨練出來，他在那樣幼小的年齡就和隨時可能發生的痙攣搏鬥，在學校裡咬緊牙關，不露出任何痕跡，放了學一跳下校車幾乎是癱倒在我懷裡，抖成一團。我心痛如刀割，不斷告訴他，很快，就會好的。這樣的日子持續了整整八年。整整八年，老師、同學都不知道安捷的痛苦。

最可怕的日子是在希臘，出發之前，十歲的安捷就接受了美國國務院的反恐怖主義訓練。到了雅典國際學校，他多次在學校發現定時炸彈的時候，鎮定自若的幫助老師疏散比他年長的同學。那時候，神經系統傳遞的是眞正的緊張信號。深夜，他抖動不已，大睜著失眠的雙眼，有氣無力的告訴我：「媽媽，我沒有辦法不動。」我情願付出一切，包括微不足道的性命，來換取我兒子的寧靜。那是一九九八年，安捷十三歲。我們的煎熬抵達頂峰。

世紀末，十五歲的少年不藥而癒！不要說是騎龍，那時的安捷眞正是生龍活虎。回到了美國，他輕鬆愉快的參加心愛的機器人組建工程，稱心如意的向著電腦科學的未來前進。一向熱愛電影的少年人更是成爲學校電影俱樂部指導老師的好助手。燦爛的前景在他面前一一展開。所以那天你問我安捷很早就知道自己將來要學什麼了嗎？我是那樣肯定的回答你，備受磨難的少年人早早就選定了他的志向。於我而言，他的健康、快樂比什麼都重要，他的選擇就是最好的決定，我只要能助他一臂之力就很滿足了。

節前，忙亂不堪，你的信覆得遲了，抱歉。

深深祝福。

韓秀 二〇〇三年十二月十七日

【第七寸言】

我想到去年給友箏講《西遊記》，
他會問一些「技術性」的問題……
現在我學友箏，面對《魔戒》煞有介事提出種種問題，
還一條條做札記，玩得不亦樂乎。

——張讓

我和安捷曾經沉醉在希臘諸神所帶來的奇幻之中，
感覺上那已經是遙遠的過去了。
最近兩週，安捷他有些「第一次」是完全屬於成人的。
甚至，連那失落的情懷都是和社會生活環環相扣的。

——韓秀

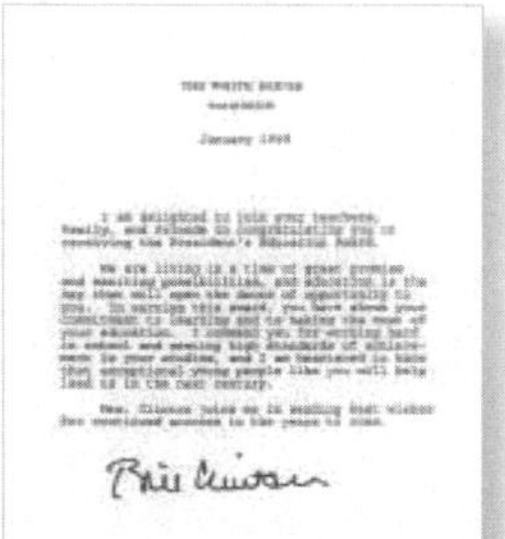

安捷1999年1月得到「總統教育獎」。(是前總統柯林頓的賀信)

從混沌末鑿到《魔戒再現》？

韓秀：

這冬夠冷，也多雪。這幾天稍暖些，車道的雪冰總算化完了，後院一大片的西伯利亞雪原也化了大半。昨天下午，友箏「帶」我去看他和好朋友伊文在那裡「搭」的魔國和末日火山——這你大概不清楚，且聽我道來。魔國和末日火山都是托爾金《魔戒》書裡的地名，友箏的末日火山是座矮小雪峰，三邊圍了一道低矮雪牆。如果你熟悉《魔戒》，就會知道魔國地理大約便是這樣。

說穿了是，近兩月來友箏和我等於半活在《魔戒》的世界裡。光家裡兩套《魔戒》影碟，我們前後就看了不知多少次。除了比較原著和電影外，還經常討論細節，好像《魔戒》比身處的現實世界更眞、更緊要。這是想像世界的魔力，不但脫離現實，甚至可能取代現實。「現實」的意義，現在其實已經給網路和虛擬實境瓦解得差不多了，不過這有趣的題目不適合在我們這家常信裡談。

對《魔戒》我原本沒興趣，它的暢銷身分對我尤其等於反宣傳。（《哈利波特》五本我也都讀了，因爲友箏，但興趣平平，羅琳處理的題材實在老套又刻板，沒多少可討論的。）但因我前信提過的青少年小說《飛龍聖戰》，才促使我去追蹤它的老祖宗《魔戒》來。《魔戒》最吸引我的地方，是托爾金筆下的創生神話。托爾金是個虔誠的天主教徒，因此他的神話宇宙裡有造物、有神、有魔，當然，也有逃不掉的墮落。他的魔在原本和諧的宇宙裡嵌進了不和諧的因子，導致人類墮落，終於失去天國，非常典型的基督教故事模式。我不禁回想中國人零星破碎的創生神話，翻出架上的《中國神話故事》、《聊齋誌異》和《搜神記》等神話、仙話和鬼話來看，從盤古開天闢地到《莊子》的倏忽鑿混沌，除了再度覺得那些奇想可親可愛至極外，更大的感覺是開闊、明朗、釋放——把人從原罪的枷鎖裡釋放出來。西方文化受基督教統馭太深，處處罩在原罪的陰影裡，簡直無可逃遁。這時我重遊舊神話，更覺那天眞爛漫無限迷人——沒有罪過，只有發生。就說「天眞未鑿」這詞，出自儵忽給混沌開鑿七竅，結果：「日鑿一竅，而混沌死。」滑稽單純，眞美！比起亞當夏娃吃智慧果因而失落伊甸，神祕也深遠多了。爲什麼鑿七竅而混沌死？又怎麼和西方人解釋「天眞未鑿」？

總之，我出入《魔戒》的角度是文學、神話和哲學、文化，做粗淺的比較。不時我會在晚餐時分析《魔戒》裡的人物性格和情節，質疑墮落的觀念，講盤古開天闢地女媧補天等故事，與友箏和B討論中西宇宙觀的不同。但友箏眞正的興趣，在精研各輔佐故事的地圖和書裡的建築及武器。他用樂高積木蓋白城搭魔塔，拿木劍當仙劍，以木環做魔戒，還用仙文寫仙書……總之，對《魔戒》比任何事都認眞。

三週前的週末，我帶友箏和伊文到附近戲院重看《魔戒》完結篇《王者再臨》，到了戲院卻發現已經下片，於是第二天再到另一家戲院去，老老實實又坐了三個半小時。並非那麼喜歡（其實我們認爲那片毛病重重），而是要更仔細研究裡面細節而已。看完出來，友箏興奮說他有個點子：「《魔戒》應該有第四集，就叫《魔戒再現》！」接著解釋魔戒爲什麼再現，因爲魔王索倫當初打造了兩只魔戒……我們去吃披薩，繼續批評剛看的電影。伊文對《魔戒》最有研究，對原著和電影都有獨到見解，清楚許多前因後果，甚至還能說一點托爾金發明的精靈語，我喜歡和他談《魔戒》。

我知道你正重溫托爾斯泰，而安捷可能在讀米爾頓的《失樂園》。《魔戒》雖不算同級的偉大文學，但因那廣大的想像世界，仍不失可讀。這時我想到去年給友箏講《西遊記》，他會問一些「技術性」的問題，譬如：「孫悟空的金箍棒放在耳朵裡怎麼不會掉出來？」「他的筋斗雲別人能不能駕？」「那緊箍咒三藏是怎麼唸的？」之類，害我搜索枯腸編造解釋。想當年我讀《西遊記》時只忙著瘋迷，神魔妙法照單全收。

但友箏在驚嘆之餘，還會把那些神奇當眞事來發問，我不覺大爲新鮮。大概我小時太呆了吧？現在我學友箏，面對《魔戒》煞有介事提出種種問題，還一條條做札記，玩得不亦樂乎。寫到這裡，又想去放《魔戒》影碟來看了，光聽到那配樂就立刻到了另一個世界。我是越活越小了，你看夠瘋吧！

祝好。

暫時十三歲的，張讓

失樂園

暫時十三歲的張讓：

看你的信恍如隔世。我和安捷曾經沉醉在希臘諸神所帶來的奇幻之中，感覺上那已經是遙遠的過去了。最近兩週，安捷的考量極爲現實，也就是說，他有些「第一次」是完全屬於成人的。甚至，連那失落的情懷都是和社會生活環環相扣的。

不是米爾頓的《失樂園》，而是安捷心愛的玩具店 **FAO** 的破產倒閉，讓他哀傷。一個那樣溫馨的店，那樣好的服務，帶給孩子那麼多美好記憶的天堂居然敗在談不上任何服務的、沒有品味的、廉價的「華爾市場」手下。就像當年，我心愛的百貨公司 **B. ALTMAN** 不敵梅西的強勢削價廉售一樣，不得不尊嚴的退出戰場。失去一個美好的存在而將它封存在記憶裡，因而產生的最直接、最迅速而果斷的行動，是研判究竟哪一位在野黨候選人適合擔任美國的總統，安捷要把自己的一張票投給他。所以在那個星期二到來的頭一天晚上他回到家，第二天一早爲民主黨提名候選人投了票再返回學校。

那個晚上，我感覺安捷眞正告別他溫暖的少年時代，頭腦清楚的邁進成人的世界。除了對經濟環境的考量之外，伊拉克的戰事令他非常憂慮，他強烈質疑我們究竟有什麼樣的必要在別人的土地上進行一場代價高昂、看不到曙光的戰爭？他感覺需要了解更多眞相，他需要決策者的誠實與正直。他仔細研究克拉克將軍「結束那一團混亂」的四點主張，J很理智的告訴他，將軍勝出的機會幾乎等於零。安捷不爲所動，認眞表示，他將投票支持一個正確的理念。

一個正確的理念！那是怎樣的思考方式呢？不只是急功近利的期待一舉成功換人坐莊，而是支持一個正確的理念。我相信，這個題目正在大學校園裡被廣泛的討論著。

星期二早上，我和安捷一塊兒去投票。他的高中同學麥可正巧在投票站擔任義工，向選民解釋投票機的使用方法。我清楚記得，高中時期安捷和麥可是很好的朋友，他們每天搭乘同一班校車上、下學，週末和假日也常常玩在一起，有時候還一塊兒在兩家的園子裡幫忙掃落葉。安捷升上大學之後，這是他們第一次見面。

我給了兩個好朋友時間私下聊聊，自己坐在車子裡看書等候安捷。不到十分鐘，他鑽進車裡來了，順便告訴我朋友的近況。麥可沒有升學，不是成績不佳也不是SAT出現什麼問題，「很簡單，他只不過還沒有選定專業罷了，甚至將來學習理工科或是人文學科都還沒有決定。」安捷心平氣和。我不知道麥可的父母是否也會心平氣和對待孩子的「無所事事」，安捷察覺我的沉默，安慰我說麥可和父母商訂用一年時間考慮升學問題，畢竟是他自己的將來，愼重一點沒有什麼不對。安捷還告訴我，他會寄電郵給老同學，把自己在電腦方面的心得，在校園裡的體驗寫給麥可，「也許有一點幫助呢。」他微笑著。

我眞的好高興，他是這樣尊重朋友的選擇，他又是這樣會想到要提供參考意見來幫助朋友。

另外一件要緊的事情是報稅，安捷滿十八歲了，二〇〇四年是他頭一次報稅。J爲他準備了合適的表格，他打工的BROOKSTONE公司也已經寄了繳稅單來，J將所有的數字用鉛筆塡好，安捷只需要用鋼筆描清楚就可以了。但是，他完全不領情，「這些數字是從哪兒冒出來的？爲什麼州政府和聯邦政府要退稅給我？爲什麼是這些錢？不是更多或更少？」他不肯省事，於是一切從零開始，等到一一弄清楚，已經到了返回學校的時間。

也許是一連串的事情加速他的成熟，二月二十四日深夜，他打電話給我：

「Mom，恭喜，今天是你的新書出版的日子。我和室友卡文都恭喜你。」我正在詫異一個月以前提到的事情，他居然記得這樣清楚。他又開口了：「老爸說，你的頭痛發作了一次，很嚴重，是不是？Mom，我已經和阿波羅談過了，請祂曬暖大地，讓春天早一點到，你就有興趣多花一點時間在園子裡，而不是整天讀書寫字。」「阿波羅答應你了？」我笑問。「當然，」安捷繼續閒話家常，「波塞東還插話說，要我提醒你，祂和你有約。我已經向祂保證，到時候我會陪你去蘇尼阿看望祂。」

現實生活的磨礪畢竟無法抵抗自然與神力，幾幾乎以爲已然遠去的浪漫情懷不但還在，甚至更加深邃了。

再寫下去，要變情詩了，就此打住。

祝福。

韓秀 二〇〇四年二月二十五日

友箏創作

愛的語言是什麼？必須坦露到什麼程度？
我們很清楚愛並不總是甜心蜜糖春風化雨，
裡面有利刃有爪牙，有錯誤和學習，
有自私和虛偽，有憤怒衝突和原宥寬容。

——張讓

第八封信

對安捷而言這是與生俱來的，完全不需要「學習」。
他從小就知道任何危險來臨或者可能來臨的時候，
媽媽已經有所行動、已經放下一切、已經衝了出去，
不惜赴湯蹈火去救他，
這「一切」包括健康、生命、事業、親情等等……

——韓秀

寫信

愛的語言△○☆◇▽?!

韓秀：

清晨有鳥叫，院子裡有幾朵春花。眞好，冬天快結束了。時間飛跑，唯獨到了冬末就嫌它跑得不夠快。

想我們剛開始這專欄時，友箏是十二歲，現在長一歲，不再那麼小了。不久前學校來了通知，要準備訂畢業袍和畢業紀念冊了。這裡初中是兩年制，六月友箏就畢業了，接下來四年高中後進大學。時間的速度，是一個小孩可能昨天是嬰兒明天就成人就業了。你覺得小傢伙還是星辰和神仙的材料做成時，他已忽忽長成泥巴磚塊甚至鋼筋水泥的建築了。這你比我還前線，想必體會更深。我們告訴友箏，有一天他會離家去上大學，最後他會有自己的生活。這對他仍很遙遠，因此還太抽象。他才過了十三歲生日，我剛教過他怎麼洗碗、怎麼燒開水泡薄荷茶，昨晚他才又披了條淺綠毛毯充當《魔戒》裡的仙人披風開心走來走去。如果我們身爲寫作人是半在夢中，他老兄還高據雲端，在幾支牙籤一管膠就可以搭蓋樓台殿宇的世界裡。成長，便是逐漸降落地面的過程。

其實從嬰兒時代起，我就看友箏一點一點下降，現在他仍在半空，有時我想吹口氣再把他托高些，大部分時候我必須（不太情願的）引導或迫使他降落。我發現自己像放風箏的人，小心翼翼的逐步收線，譬如告訴他世界大事，或提醒他有個不中聽的東西叫前途。（想當年我多痛恨這兩字！）

舊時父母示愛是管教鞭策，所謂不打不成器。現在是誠惶誠恐，簡直有求必應。給友箏過生日，我們一向力求簡單。常見這裡的父母動輒邀來全班同學給子女慶生，是表示愛得大方愛得夠深？還是替孩子虛張聲勢做面子？我可以給友箏全世界的書，但絕不願無謂鋪張。也許骨子裡我仍太古老，覺得一碗麵線便是深長的祝福。我曾想過中國人愛子女和美國人的不同，沒摟摟抱抱，也不把愛掛在嘴上，只是打罵之外做牛做馬，至少以前是這樣。歐洲人似乎也差不多，比中國人抱得多一點，但並不甜言蜜語。美國人相反，正如美國電影和笑話，事情總擺在表面，攤開了，說明白了，丁是丁卯是卯，再糊上幾層甜可致命的奶油糖霜，不然怕不夠清楚、意思沒有送到。B每和他父母通電話，最後必以「我也愛你們」結束，回應他們的「我們愛你們」。以前我很驚奇，現在還是覺得父母子女間也須這樣「信誓旦旦」，甜美誠然，委實奇異。（話說回來，B小時他父親也是很有權威的。）

我書桌上有幾張婆婆寄來的生日卡，是她用電腦自己設計列印的。張張不同，圖總是俏皮鮮豔，加上活潑的賀詩賀詞。譬如給B的卡片裡寫：「我們那時愛你……現在愛你……將來也永遠愛你！」婆婆多情，她每年寄給眾多親朋好友的生日卡和各種賀卡都苦心個別設計，實在是情深意長。我不能想像父母或我自己用那樣的詞語，儘管我們愛得絕不比較少。這裡我想到小說裡讀到的，矜持的舊式中國父母，也會冒出「我的兒我的心肝寶貝我的骨中骨肉中肉我命中的魔星！」這種話。妙的是，意思是愛到肝腦塗地，但全沒用到「愛」字。

我不免想到：愛的語言是什麼？必須坦露到什麼程度？我們很清楚愛並不總是甜心蜜糖春風化雨，裡面有利刃有爪牙，有錯誤和學習，有自私和虛僞，有憤怒衝突和原有寬容。愛字太浮泛了，底下愛恨矛盾糾纏，根本是部一個字的經典。就像燕窩，是一點可口的膠質攙雜了大量必須耗時剔除的泥巴、草屑、羽毛和鳥糞。人沒有愛活不下去，有了卻又時而恨不得擺脫。我們和友箏「好」時騎在肩上爬在地上扭打角力，嘻哈笑鬧不知誰大誰小。眞生起氣來就眼射飛彈口發核武器，恨不得找《聊齋誌異》裡的陸判官來給他換心換腦。然後氣消了，又仁慈如觀音準備大施雨露，滿腔忠誠只等他驅使。

前天和友箏討論《魔戒》，他提出王者亞拉岡似乎對人比較冷，於是我們拿巫師甘道夫來比。確實，甘道夫脾氣暴躁會開口罵人，可是罵歸罵，你知道他心熱，充滿了愛。亞拉岡雖然千般好到會為你去死，但你感覺他高高在上，無法親近。父母之愛必然類似甘道夫，是火熱熱麻辣辣星點四濺會燙傷人的。仁義道德就比較像亞拉岡，高貴卻不親。

說了半天，還是沒說到我們怎麼給友箏過十三歲生日。且說他既然比較懂事了，我們讓他邀幾個好朋友到家裡來玩，然後到附近館子去吃披薩，再去看電影。於是那天我們發現家裡滿是半大不小的男生，有中國人、印度人，也有黑人、白人。到了館子這些男生一起開講，我們腦袋左轉右轉，來不及聽清他們說什麼。友箏在朋友間忽然顯得非常安靜、沉穩，一點都不像身旁歡聲聒噪的小公雞。我和B交換眼神，覺得像一對傻瓜。事後友箏說：「這個生日是我最快樂的生日！」

多少是足夠？有時聽見做父母的說：「只要孩子健康快樂就好了。」但我們心知肚明，絕不只是這樣。痴心父母古來多，望子成龍的父母更不少。君不見那風火接送小孩學習十八般武藝的父母開了車子滿街跑！父母是基因指令最權威的代言人，除了要給孩子最好的求生技能之外，還要求他們出人頭地。然父母經是藝術不是科學，因此難論裡面的是非功過。無論如何，憨憨痴痴又跌跌撞撞，人類的故事就這樣一代一代寫了下來。

你說呢？

祝好，千萬別過勞了。

張讓

回信

I love you, Mom, and I am so sorry……

張讓：

已經過去的這一個冬天實在漫長，自十二月到二月，在不到兩個月時間裡，我失去了三個朋友，一位在北京是新疆時期的難友，一位在台北是寫作上的知音，一位在美國是高中同學。他們都是同齡人，我們有共同的生命軌跡，理念相近，可以無話不談。他們走得匆忙而痛苦，留給我的是無盡的憂傷。人有時候是需要流淚的，淚水會帶走心頭的鬱悶。但是，我這樣一個人流淚會帶給J太多的疑慮，他會深深自責無法爲我分憂。我更覺得要他分擔他無法了解的沉重也是極不公平的事情，於是我選擇去看梅爾・吉勃遜備受爭議的電影《受難記》。

安捷回家度春假，我們安排了一些活動全家參與，並且決定把最後一個下午留給我們母子兩人，他要陪我去看這個電影。他並不清楚我爲什麼要去看這部電影，他只知道我要去而J已經明白表示不會去。安捷清楚知道他自己需要看這部電影，也感受到媽媽因爲什麼理由也有此需要，所以他決定和我同行。在他的決定裡已經有了要分擔我的心境的成分。

我和安捷之間的相通在很多時候完全不需要語言，我們聽到、看到、觸摸到對方的時候，都能夠充分證實我們已經有的感覺。對安捷而言這是與生俱來的，完全不需要「學習」。他從小就知道任何危機來臨或者可能來臨的時候，媽媽已經有所行動、已經放下一切、已經衝了出去，不惜赴湯蹈火去救他，這「一切」包括健康、生命、事業、親情等等，很多人絕對不願意或不能割捨的東西。他也清楚的知道，他的朋友們的媽媽是不太一樣的，那些媽媽們並不都是將自己的兒子放在第一位，並不都是永遠會挺身而出，所有的關切、愛護常常是理性的、有限的、有條件的。

安捷的媽媽在很多時候「不可理喻」，當一個少年人穿著球鞋的腳尚未接近安捷的時候，他的媽媽會從天而降，硬生生用自己的身體接住了那一腳，將滿四歲的安捷看到媽媽手臂上的大塊瘀青，也看到了媽媽的滿臉笑容，從那個時候開始，安捷就知道自己的安全是媽媽的快樂之泉。

十一歲的時候，安捷和鄰居的小朋友玩，朋友的小妹妹也搖搖晃晃跟在大哥哥們身後跑來跑去，她一腳踩空，飛身過去將她一把抱住的，不是在附近閒話家常的雙親也不是她哥哥，而是鄰居安捷。小女孩避免了在石頭台階上摔破頭，安捷的右臂卻在石頭上嚴重割傷，媽媽二話不說帶安捷去醫院急診室縫了十幾針，臉上並沒有絲毫不快。安捷從那時候就知道，媽媽永遠支持他做一個樂於助人的人。

這一天，我們正準備出發去看電影，安捷的同學打電話來，這位同學自麻州來維州唸書，繳納的學費比本州學生高得多。他正在申請一個獎學金，申請內容包括一篇文章，他感覺自己的文章不夠精采，希望安捷幫他看看，提供一點意見。這個下午幾乎是他們唯一的機會，因爲第二天同學們都返校了，這位同學絕對沒有勇氣在眾目睽睽之下請安捷幫忙。

安捷握著電話與我四目相接。然後，他定下心來，告訴他的同學，一小時之內他將返校。他清楚的知道，這個決定也是媽媽樂意見到的，他知道媽媽全心全意呵護他完全不是爲了自己，媽媽最樂意看到他有判斷力、勇敢、堅強、體諒他人、深具愛心。

我心平氣和開車送他返校，他和我隨便聊著，我們都沒有再提到《受難記》。

在亞當樓門口，他的同學一臉歉疚的迎了出來，一邊語無倫次的道歉，一邊將安捷的行李接過去。

待同學上樓，安捷淚光閃爍：「I love you, Mom, and I am so sorry……」我笑著拍

拍他的肩膀，「Love you, my son.」

我是自己去看電影的，還沒有進電影院，在車子裡就一直流淚。心頭的鬱悶漸漸深藏。看《受難記》卻沒有淚水，只是和Mary一起，青筋根根暴起，咬緊牙關瞪視人類的愚蠢和殘忍，直到落幕。

健康和快樂是多麼難得！如果一代又一代人眞正得到了，那是人類的智慧啊！你一定同意的。

深深祝福。

韓秀 二〇〇四年三月十六日

現在友箏宛如單人蝗蟲大軍，顯然是進入無底肚腸期，
可能不久後就會半夜醒來摸進廚房大填大塞了。
我想不起自己在青春期像蝗蟲那樣吃個不停……

——張讓

安捷在高雄與同學們比賽靈活用筷子。

第九封信

說到「餵飽」安捷，我想我們的經驗大不相同。
當他「住在」我身上的時候，
我整天像一頭餓狼一樣撲向食物……
待安捷來到這個世界，先天儲備已經非常豐沛，
他不但不再「飢腸轆轆」，而且他的味蕾也同時被喚醒。

——韓秀

兩頓午餐＋不停的零嘴＝我還是餓！

韓秀：

總是下午這時分，前門ㄆㄧㄤ一聲大響，然後是友箏的腳步聲和「我到家了！」的聲明。有時我笑答：「沒人在家，只有一個智慧立體影聲（hologram）在家。」有時我一聲不吭，假裝沒人在。

友箏小些時，到家後第一件事是打開電視看卡通。現在是直奔廚房找東西吃，一樣接一樣吃個不停，從客廳吃到臥室，通常是邊吃邊看電視，不然是蹲在房間地上或床上讀他那百讀不厭的《凱文和霍布斯》漫畫，除非我又找到什麼有趣的新書讓他看，像瑪格麗特・愛特伍的新科幻浩劫小說《末世男女》。我在書房聽得見他在隔壁房裡喀嗤喀嗤嚼薯片或餅乾，像卡通片裡耿耿啃食堅果的松鼠。一、兩小時後我神遊歸來晃到他房間，見他仍據床大嚼（儘管我不准他在床上吃東西），不禁一驚：「你還在吃啊？」他邊嚼邊笑：「可是我還是餓！」想食色是人生兩大支柱，父母首要職責無非餵飽下一代。現在友箏宛如單人蝗蟲大軍，顯然是進入了無底肚腸期，可能不久後就會半夜醒來摸進廚房大塡大塞了。

我想不起自己在青春期像蝗蟲那樣吃個不停，也許是因沒東西可吃。那時家裡難得有零食，一袋子帶殼花生、一包蘇打餅乾都很寶貝。要等爸媽下班帶回一袋剛出爐的菠蘿麵包或蔥花麵包，不然是一長條的金黃吐司，我們一群饞蟲便立刻圍上去。那種好吃，是現代的米其林三星餐館裡也吃不到的。在那貧乏的年代才知道什麼叫好吃，懂得珍惜。像友箏這樣的現代小孩，滿肚子恐怕連狗都嫌的貨色（號稱食物，裡面多少氫化油脂再加上過量的糖、鹽、味精、色素、防腐劑和種種人工添加物），知道撐的滋味，而不知道新鮮和貨眞價實的意義了。（有趣的是，當年在我父母眼裡，這點我們小輩一樣不懂。母親家鄉靠海，講起剛下船的魚白水一煮就是鮮美的湯。）

記得當年生力麵剛在台灣上市時，我們小孩搶著吃。我母親十分鄙夷，認爲那種滿是味精的假貨正如罐頭食品不値一吃。她對食物的基本要求是：新鮮。我們不理她，以爲她古板挑剔。她有句名言（應該變成名言的）：「館子裡的菜有什麼好吃！」我們當然唱反調：館子裡的菜眞好吃！就像她在飯裡放金門來的乾番薯簽，堅持那給白飯添香味，我們小孩卻覺得吞不下去——這時回想，當年掀開電鍋，入鼻確是那乾番薯簽的甜香氣。

現在，我扮演了母親當年的角色。友箏熱切嚼食各種「飼料」或「毒品」以爲美味，我卻無法入口。友箏說：「媽咪嚐嚐，好好吃！」我說：「你看那原料有幾哩長，裡面都是些什麼東西！」而現代人就靠這種一盒盒一袋袋，加工再加工的人工合成或基因改造工業食品過活。因此愛特伍在《末世男女》裡針對這現象，發明了許多名目招搖的新時代速食，極盡諷刺。

且回來談友箏。約一年前我問過他要不要換成帶便當，既有飯有菜有肉好吃多樣，也免得天天吃火腿三明治（老實說，我替他膩得慌）。他即刻搖頭，說學校餐廳裡沒微波爐可以熱飯。確實。但後來我再追問，發現（如我所料）眞正原因是：不願和同學不一樣。原來美國小孩（也許天下小孩都這樣）最大恐懼不是父母老師怎麼想，而是別的小孩怎麼想。有些從台灣買來的衣服，友箏稍大就不肯穿，因爲不一樣。有天他一放學到家就來向我問罪，原來那天他穿的是件女套頭棉衫（我看上了那蘋果綠），害他遭同學取笑。顯然非同小可，我失笑之餘（果然像我名下的糗事）趕忙道歉，他馬上原諒了我。

我要說兩頓午餐的事，但一直離題。總之，不久前我突發靈感，晚餐給B和我自己裝便當時，順便也給友箏裝一份，讓他放學回來後吃，免得零嘴吃個不停。於是友箏便像《魔戒》裡的哈比人（下午茶和點心也算，他們一天可說有六餐），午餐外另有第二頓午餐。從此時間一到，我從書房裡聽見他ㄆㄧㄤ一聲大響後宣布到家，直奔廚房去熱飯吃。奇怪的是，叉碗碰撞聲完喀嗤聲又再起，他提了一袋「食料」經過書房上房間去了。喀嗤喀嗤，喀嗤喀嗤，配上他不時的笑聲。那熟悉的一幕繼續上演——

「你還在吃啊？」

「可是我還是餓！」

因此得來一句話：「清醒等於飢餓。」

你和安捷應也有類似經驗吧？

祝安好。

張讓

回信

善待味蕾

張讓：

你的信來得又快又好。好就好在你提起了這樣一個讓人高興的題目。

在沒有進入情況之前，先要問你，友箏看到今年元月號《幼獅文藝》沒有？反應如何？安捷看到了，只笑笑說：「酷！」後來和J談起，他還表示非常喜歡那灰色的背景，原來他多少有點擔心專欄推出的時候，放進太多的「兒童」色彩哩！「連照片都只是黑白的，眞好！」他衷心讚美。

說到「餵飽」安捷，我想我們的經驗大不相同。當他「住在」我身上的時候，我整天像一頭餓狼一樣撲向食物，J如果吃得慢一點，一定受不了我飢火焚燒的目光，而把餐桌上剩餘的東西全部讓給我。待安捷來到這個世界，先天的儲備已經非常豐沛，他不但不再「飢腸轆轆」，而且他的味蕾也同時被喚醒。嬰兒時代，他已經拒絕胡蘿蔔泥而笑迎蜜桃，對好滋味的牛肉、鵝肝大爲欣賞。當他跟我們駐節國外的時候，

「善待味蕾」已經不只是下意識的活動，而是名正言順的成爲正經八百的行爲模式。

高雄時期，在家等候安捷放學的是一位慈眉善目的高雄媽媽阿娟，她只會講台語和台灣國語，安捷只有英文，他們是怎樣溝通的至今是謎。但是阿娟何止是餵飽了孩子，她也讓他喜歡上了台灣豐富的小吃。有一天，阿娟家中有事不得不趕回去，來不及爲安捷做點心，就在回程中買了「鹽酥雞」。這一嚐之下不得了，安捷強烈要求阿娟帶他騎摩托車去買這美味，他要看這東西是怎麼做出來的。從此以後，他成了鳳山濱江街鹽酥雞食攤上的常客，常常迷醉在煙霧繚繞、香氣撲鼻的氛圍裡，完全不著急回家。後來，他吃到了鐵板燒，尤其喜歡尖美百貨樓下美食街裡的鐵板燒，排排坐在溫暖的高雄人中間，看年輕的大師傅在滾燙的鐵板上將菜鏟丟向空中，用菜刀敲出好聽的「鼓點」，爆香的大蒜、撒了大把鹽、胡椒、味精的空心菜、粉紅色脆嫩的蝦隻都是他的最愛。不消一、兩趟，「大師傅」已經記得這小「老外」的口味，他面前的空心菜總是格外鮮嫩。食客們看安捷吃得如此有味，都開心的笑，有人甚至請大師傅把自己份內的蝦隻撥幾個到安捷面前，讓安捷感覺好溫馨，好溫馨。事隔多年，他常常露出無限神往的神情，提起那已經消失了的尖美鐵板燒。

眞正懂得海鮮的美味則是希臘的餽贈。正如令堂所說，剛下船的魚白水一煮就是好湯。我們帶安捷去碼頭上吃魚。安捷對海神波塞東感激不已，對愛琴海一往情深，對地中海式烹調堅貞不移。十歲的孩子下學回家不但要問：「晚上吃什麼？」還要問：「哪裡來的食譜？」很快，他就進入了「美食品鑑者」的行列，常常和J一起對食譜提出看法和心得。對調味料和各種 herbs 大感興趣。我這個掌勺的自然大受鼓舞，也就忙得更起勁。安捷和J也總是將餐具洗得像化學實驗室的器皿一樣乾淨無比。聽他們一邊洗碗一邊講評剛剛吃過的飯菜，眞是賞心樂事。老實說，我的廚藝也是在那個時期得以突飛猛進的。

升上大學，少年變成了青年紳士，他對美食的了解，對餐桌禮儀的習以爲常都讓他被頻頻「加分」。而「吃出健康」則是全新的發展。如今，零食只剩下保持齒頰留香的薄荷糖，肉類則以魚爲主，麵食、米飯全部適可而止，牛奶只喝完全去脂的一種。在「飛盤」成爲校園運動的過程中，安捷一馬當先。甚至連寒冬也沒有困住他，他熱心奔往賓州滑雪。住在宿舍裡，健美成爲必須。於是，我購進足夠的「Low fat」食譜，傾心研究受到味蕾歡迎的健康菜式。J十分熱心的參加進來，於是我家餐桌出現全新的風景。

今年你們全家來華府過感恩節，我來燒它幾樣好吃、好看、有益健康的菜餚招待你們。你看，可好？

祝福。

韓秀 寫於出門採購水芥之前

二〇〇四年三月十八日

數學知識在友箏不是堅實的城堡，
而像是沙漏、冰淇淋一樣的東西，不斷流掉又化掉。
我們忙著給他灌水泥打地基，要他天天加強數學練習。
「做數學了！」我們叫，他馬上露出仇人嘴臉，反叛：「不要！」
——張讓

【第十封信】

安捷是那樣安靜的移動著木珠，半個小時、一個小時，
相信數字帶來的幸福那時候已經在他的腦筋裡生了根。
開始學習算術了，他的習題簿簡直是藝術品，
連一個個等號，他都用小尺畫得整齊如一。
——韓秀

寫信

恐怖數學來了！

韓秀：

收到你的謝卡。你恐怕是天下第一多禮的人，一通電話也要謝。這信不知怎麼寫。大概是春天在即，我覺得自己像草木也要發芽了，肚子裡嘰嘰啾啾有一窩鳥在叫，想到十個、二十個題材可寫——這當然是誇張。且來談友箏和數學。我知道安捷數學好，友箏恰相反。要讓他不開心，只須祭出數學兩字。

有人看見數字好像彈珠五顏六色，在腦袋裡彈來彈去好不輕鬆愉快。正如你也寫過的匈牙利數學家保羅·厄多斯（Paul Erdos），他純爲數學而活，每天大清早醒來，不像友箏只想到玩，第一件想到的事就是做數學，直到深夜上床爲止。保羅·霍夫曼寫他的傳記，便名正言順叫《只愛數字的人》。

數學家常不只看見數字，且看見底下的構成，看見元素和整體間的關係。印度天才數學家拉馬奴眞在英國生病住院，數學家湯瑪斯・哈代去看他。哈代總是搭計程車去醫院，有天他一進病房就說：「我搭的計程車號碼好像是1729。看來是個乏味數字。」拉馬奴眞答：「不，哈代，不，這是個非常有趣的數字，是能以兩種方式表達兩數立方總和的最小數目。」

相對，有人看到數字好像西方人面對中文，越看越高深。更糟的是把數字當成大敵，必須立即飛身逃命。對友箏來說，數學至少是快樂路上最大的障礙。我們和友箏討論，假設人的思考方式分三型：數字思考、文字思考和圖象思考，我無疑善文字思考，B自認屬於圖象思考型，問友箏自覺屬於哪類，他馬上回答：「總之不屬於數字思考那種！」

其實若非要把人分類，我會分得更細，譬如加上善聲音思考、善肢體思考、味覺思考等。友箏的長處還不明顯，喜歡幾何勝過算術，愛用樂高搭蓋各種工程，似乎也是形象思考國的公民。但弱點很分明，碰到數學腦袋就成了豆花。叫他心算簡單的兩位數加法，他把耳朵遮起來。搞不清$3\sqrt{5}$，3和$\sqrt{5}$間是加還是乘。我大驚：「你連這也搞不清啊？」友箏數學上的長處，便在時時都能讓我們大吃一驚。數學知識在他不是堅實的城堡，而是像沙漏、冰淇淋一樣的東西，不斷流掉又化掉。因他不久就要進高中了，我們忙著給他灌水泥打地基，要他天天加強數學練習。「做數學了！」我們叫，他馬上露出仇人嘴臉，反叛：「不要！」

像任何知識一樣，數學極其有趣，甚至神奇。如果說生命之書是寫在細胞上的基因密碼，那麼科學家一再驚嘆的除了宇宙井然有序外，更訝異這本宇宙之書是以我們可以理解的數學寫成。我不是個數學人，但清楚記得初中剛學到幾何和代數時非常興奮，發現了一個和《封神榜》、《西遊記》完全不同的世界，抽象而又秩序，從生活已知的部分步步推演，到一個乾淨簡明的結論，那種抽象的想像幾乎比文學的想像更美妙迷人。若能夠，我但願也有顆高明的數學腦袋。

可惜友箏連我那種初學數學的喜悅也沒有，一開始便大霧迷茫，漸漸好像有點會加減乘除了，但實際上不懂底下的邏輯概念。也就是，小傢伙不知怎麼用數字思考。他這程度的數學我還能對付，滿懷信心告訴他：「數學就是研究數字間關係的學問。」還有：「數學就像語言，同一個意思可以有好多種不同的說法。」但這樣的提綱挈領簡直像對他說中文。我和他解釋一道數學公式怎麼從A演算到B，他眨巴眼似懂非懂，終究是不懂。B十分浪漫，強調：「數學其實一點也不難，不必怕！」奮勇教友箏一點高深靈巧的代數，一教就兩個多小時，相信這樣會讓他見識到數學美妙而愛上。我搖頭，覺得他這作法是要友箏去太空漫遊卻沒給他氧氣筒（當然穿了太空衣）。讓友箏自己作評是：「不知道啊，我好像有點懂！」有時，他甚至不知道自己不懂，或不懂在什麼地方。

問題是，數學不好又怎樣？討厭數學的人理直氣壯辯說：「學二元方程式或三角函數有什麼用？生活裡根本用不到！」不然：「用電子計算機就好了！」許多文學家藝術家都是數學低能兒，且看張大春在《聆聽父親》裡描述自己數學補考的糗勁！除非走理工，數學並非幸福或成功的必要條件。我以前兩度提到《飛龍聖戰》的年輕作家受的是在家教育，所學就不包括數學。（想友箏會多喜歡！）B本行是理論物理，工具正是數學，我問他：「有一人是文學盲但擅長數學，一人是數學盲但愛好文學，若你得在兩人間選一人做朋友，會選哪位？」他答：「恐怕我會選數學盲。做朋友的人需要會關心和分享，而數學家不近人情的有的是。」我的問題固然有點取巧，核心是：數學究竟有多重要？B的答案正吻合我的想法。

仍然，我們以爲數學訓練邏輯思考，尤其是抽象思考，是極好的心智工具。何況現在美國學校裡級級是緊迫盯人的各種標準測驗，我們覺得戕害教育但無法漠視。所以經常你會聽見我喊：「做數學了！」友箏便先愁眉苦臉抗爭，然後憤憤就座，甚至折斷鉛筆撕破紙。不論我們怎麼教怎麼開導，他還是不喜歡數學。

這也許會變，我等他開竅。或者，等我自己開竅。

祝好。

張讓

回信

九比八大

張讓：

你的信在桌上半個月了，我卻在忙東忙西。去年冬天冷得可以，地下的鬱金香球根得其所哉，今年的春花燦爛無比。連杜鵑和山茱萸也花枝累累，一副不勝負荷的樣子。後園兩個巨大的花圃現在很有些規模了，總算沒有白忙。

現在，我們來談數學。我非常喜歡做數學，因爲這是一個令腦筋清明、血壓降低、心平氣和的活動。大陸經驗充滿了喊打喊殺的噪音，數學卻是我可以獲得平靜的靈藥，一本習題，連紙筆都用不著，就在腦筋裡解個不停，那快樂是那些壞東西們看不見摸不著，「批判」不了的。挨鬥的時候，話劇導演焦菊隱在心裡默誦《哈姆雷特》，科學家潘令儒在心裡做數學，下得台來，兩人臉色大不相同，潘令儒完全是志得意滿的樣子，爲什麼呢？因爲他利用那長長的時間找到了一個「解」。當然他沒有艾爾狄許的自由，沒有法子手舞足蹈，但是在血雨腥風之中，他能保持氣定神閒是多麼好呢。

所以，安捷從小喜歡數字，幼兒時期，那種立體曲線支架上五顏六色的木珠在移動中發生數量的改變，每每令他一臉嚴肅的思索，他是那樣安靜的移動著木珠，半個小時、一個小時，相信數字帶來的幸福那時候已經在他的腦筋裡生了根。開始學習算術了，他的習題簿簡直是藝術品，連一個個等號，他都用小尺畫得整齊如一。一本習題做完，整個簿子整潔如新。老師們見了他，無不眉開眼笑。這種好日子到了學習分數的時候，宣告結束，之後是與數學老師之間一連串拉鋸戰般的惡夢。頭一堂數學課，老師講了通分的方法，一步又一步，囉哩囉嗦。第二堂老師開始用「趣味習題」引發學生的興趣：「四分之三和三分之二，哪一個大呀？」安捷舉手，「四分之三比較大。」老師很高興，再問：「爲什麼呢？」安捷說：「因爲九比八大。」老師不高興了，「你從哪裡得來的呢？」安捷耐心解釋：「四分之三是十二分之九，三分之二只是十二分之八。」

結果怎樣，你一定想得到的，老師勃然大怒，要求安捷板書，一步又一步，四分之三先乘一，轉換成乘三分之三，這才逐漸接近那結論。安捷照做了。我想他已經從母親那裡繼承了一種叫做「小不忍則亂大謀」的思考方式。然而，這並不是結束，從此以後，那老師禁絕安捷「心算」，不准他跳跳蹦蹦抄近路，硬生生將美妙無比的數學變成老牛破車的無聊。

你也一定想像得到的，衝出去和老師理論的當然是我。老師強調的是「打好基礎」。我強調的是，刻板的要求將泯滅孩子對數學的熱愛。話不投機，一直鬧到校長那裡，那校長一眼看穿我是習慣於「心算」的，遂要我用心算和那算術老師的筆算做一個小小比賽。結果如何，你也一定想像得到，一個僵化的腦袋是沒有法子贏的。最後，我為安捷爭取到的是他可以在作業和考試中使用捷徑，但不准在課室裡發聲，以免「影響」別的學生。之後，那老師對安捷視而不見，安捷算術上如果有疑問，只有問我，而我的回答和教科書大不相同，得到準確答案的路線「超短」。於是，「九比八大」成了我們母子之間的一個暗語，表示安捷在學業上又「超前」了。

待進入中學，J嚴正警告安捷，如果希望順利升學，就把那「小聰明」收拾起來，不要弄得老師坐立不安，「老師收拾學生是太容易的事情！」安捷聽進去了，小心掩蓋著他在數學方面的「先知先覺」。這種「掩蓋」本身也變成了一個很有意思的遊戲，他可以用「漫漫長途」和「單刀直入」兩種完全不同的方式解題。直到有一天他發現老師做錯了，遂遞了一個小紙條上去，提醒老師板書上的錯誤。

「老師不動聲色，也沒有把寫錯的地方糾正過來，我就知道壞了，他一定不會放過我。」安捷後悔不迭的向我們訴說他的「糟糕之處」。

我只好和那老師約時間見面，心裡翻騰著各種可能需要的解說。那老師出現了，一副家累沉重的樣子，其貌不揚，灰頭土臉。我不可能不同情他，一時竟不知說什麼才好。

「其實，你不必來的，安捷的數學大大超前，我們已經安排他提前進入『資優班』。」老師苦笑著。我謝了他，匆匆逃離而去。

安捷到現在還是感謝那老師，似乎也就是從那時起，他學習「設身處地」體諒他人的必要。如今，他有「最棒」的數學教授，師生相處「如魚得水」，而最重要的數字竟然是千變萬化的零與一。

暑假即將開始，我大概有機會和他一塊兒玩數學，大戰三百回合的心理準備已經不再是「穩操勝券」了呢！一笑。

但是，我敢保證，血壓平穩、寫作速度加快絕對會是戰利品。

祝好。

韓秀二〇〇四年五月三日

當初我一面期待一面質疑，絲毫沒有做好母親的把握。
唯獨再怎麼懷疑，我還是在那兩塊棉布上傾注了對孩子的衷情，
在還沒成為母親前就已經是個多情的母親了。

——張讓

我要送給安捷百衲被，是要他將來帶進他自己的生活，
那將只是一件來自媽媽的贈品，它絕不應該成為一道緊箍咒。

——韓秀

你把被子縫在一起了！

韓秀：

這信擱了好一陣，今天總算坐定來寫。

說坐定，心還是野猴似的到處亂跑，幾乎忘了到底要說什麼。先學倫敦人，從天氣開始吧！

連下了幾天雨，今天放晴。到處春花春草，透窗望去，是嫩綠和粉紅，世界像剛剛誕生，讓人覺得不應每天守在屋裡敲鍵盤，而該到外面去，數數那些新瓣新芽——畢竟，那樣的生嫩只幾天，然後世界就又舊了、老了。不過，我終究是從屋裡欣賞的。忙於大清理，天天在屋裡奔波，抽空才看看窗外漸漸鮮亮起來的顏色。不然午後犒賞自己，坐下來喝杯咖啡，看微風吹動新換上的薄簾，讀兩行書。那忙裡偷閒的幾分鐘，便是最大享受。

不久前，也是類似的忙裡偷閒，我取出針線盒，補友箏的拼花被。說到這兒，相信你精神馬上來了。

友箏床上鋪了條買來的手工阿米許圖案拼花被——你叫百衲被，我偏好拼花被，因覺得百衲比較刻苦（雖然原本來自儉省，補補貼貼，精神上確實刻苦），而拼花比較歡樂（拼縫成了表現匠心的藝術）。我放在洗衣機裡洗了幾次，褪色許多，也破了幾個小洞。舊洞破了許久，我終究找時間補了。最新的洞稍大，可以放幾根指頭進去。每晚送友箏上床便看見那破洞，說應該補起來。說了很久，眼看那洞漸大，還是沒補。忙固然是原因，還有次要原因：我不像你愛做針線。你做拼花被，一幅完了馬上新幅又上了繃架，針線起落，文思放馬奔馳，忽然來了絕好的句子，是你的話：「那就趕快撲到電腦前面！」我可想見你撲躍的猛姿，更可想見你縫被的安詳。

我也愛拼花被，只在欣賞之列，充其量紙上談兵，寫寫拼花被的藝術，要老母親納鞋底那樣一針一線密密縫，實在沒那耐心。因此我雖老嘟囔被上破洞，卻始終提不起勁對付。有天下午，我發現自己取出針線盒，斜坐在友箏床上，彎身低頭，非常「賢妻良母」，一針一線縫了起來。大不了的洞，補起來卻覺工程浩大。過了很久，大約一個多小時，總算縫完了。手工不值恭維，但洞沒了，讓繡花針法補起來了，成一塊藍絲線的疤。晚點友箏理床，喊：「媽，你把被子縫在一起了！」果然，我名下笨事又多了一件——我把上下兩條被結結實實縫在了一起。我呀呀迸出一串氣話。

那天晚飯後，我無可奈何又提了針線盒，重新來過。先把原線拆乾淨了，這回我拿出繡花繃子，十二萬分小心（我的小心有時仍難免比麻繩還粗）把拼花被繃緊了，再不疾不徐細細縫密密縫，耳裡簡直聽到〈慈母頌〉讓人火大的不停唱。爲什麼火大？只能留待時機再說了。

我這裡要說的是針線盒。我的針線盒是個橢圓硬紙盒，似乎原來是設計來做帽盒用的。裡面除了針線之物，還有兩幅未完成的刺繡。是當年我還挺著肚子做友箏的房子時，準備用來裝飾他房間的。花樣繡的是馬諦斯的一些圖案，我隨意拼組。布面雖不大，繡得緊密需要細工，非常花功夫。我不喜歡縫紉，但爲迎接新生兒的憧憬驅使，興沖沖開始，斷斷續續，一天又一天，也投下了大量耐心和時間。終於還是沒能適時完成，無用躺在盒裡。有時縫補，拿出針線盒，看見那半完的鮮豔刺繡，多少次想要把它完成。但是我有太多更緊要的事做，沒有時間，也沒有心情。那晚我把那些未完的刺繡給友箏看，解釋緣由，覺得那個期待兒子的母親非常遙遠，是個陌生人了。當初我一面期待一面質疑，絲毫沒有做好母親的把握。唯獨再怎麼懷疑，我還是在那兩塊棉布上傾注了對孩子的衷情，在還沒成爲母親前就已經是個多情的母親了。然而那份多情，其實不就是大自然爲了生命接續，通過身體荷爾蒙而做的甜美鋪排嗎？是十分典型的孕婦行爲，社會學家叫築巢本能，和「我」不太相關。可是，什麼又是「我」呢？不就是一大堆激素衝撞下的表現嗎？——是的，談到意識和靈魂問題，我是個唯物論者，我相信我們所謂的「我」只是物質作用的結果，而這一點都不貶損人類尊嚴。

從針線盒到唯心唯物，跑得遠了。最近整理舊相簿，看見許多友箏嬰兒時的照片，簡直無一不美，想見自己那時的痴迷，不禁微笑。不論如何，我現在就算再怎麼生友箏的氣，底下托住的還是好大一個痴字。如果這只是我聽從基因指令扮演盡職的母親角色，我不過是大自然的工具，我無爭。

祝好。

張讓

達利！達利！

張讓：

你還好吧？看你的信稍微有點擔心，生怕你忙到「力不從心」的地步。

新澤西州的十七年蟬情況如何？你們那裡的氣溫比我們這裡稍稍低些，蟬的數量大概會少些。我們這裡到處是蟬們喜愛的山茱萸和萱草，蟬們十七年才現身一次，我也就減少了園中工作，讓牠們折騰夠了，再來收拾殘局。

閉門家中坐，百衲被的進行速度加快，「雙婚戒」已經完成，掛在牆上了。意外的大，每天數小時飛針走線數的是布絲，現在終於看到了全局，竟是十分的新鮮。一笑。最開心的是J，他端坐於前，常常從書本上抬起頭來，讚嘆一番那「工程」之浩大與精細。

不出你所料，我開始了下一個工程。早就答應安捷，要為他做一條百衲被，我拿出兩份設計請他選，一份是專爲青年紳士設計的「領結」，另一份是薩瓦多爾・達利無以名之的設計。「達利！達利！」安捷歡聲大叫。於是，達利優先。

安捷從小喜歡達利，我們曾經從雅典去羅馬，帶他看一個達利作品最完整的展覽，少年陶醉的神情至今未曾忘懷。安捷的房間裡有兩件達利作品的複製品。至於藝術畫冊，他自己熱心買來收藏的，目前爲止還只有達利。

布料抖開了，飛湍流急的蔚藍猛然轉入火山口的絳紅濃焰；隨風擺盪的滿眼青翠轉瞬消失於沙漠的褐色陰影；鉛灰的山巒起伏卻被姹紫嫣紅的春花呑沒……「天才，雖然瘋狂，畢竟是天才。」安捷的眼睛不肯離開這充滿詭異的色彩。

人人都知道達利設計過時裝和香水，有一天，一位布料設計師異想天開請達利做一款百衲被設計，達利大睜雙眼，興奮的將顏料瓶一一打翻在白色桌布上，塗抹一番，開心得像個孩子。設計師提醒忘乎所以的藝術家，「百衲被是縫製而成的，需要一定的規範。」達利馬上將直徑十吋的圓形調色盤倒扣在桌布上，圈套圈的用墨色畫出了許多圓，完成了這件設計。

於是，我和安捷有了機會將每十二個色塊拼接成正方形，而每一個色塊布料的接縫都是弧形，那些弧形將連接成圓。在這個「拼布」的過程裡，我感覺色彩與明暗的強烈對比帶給安捷的快樂。我們一起將每一片布放在「合適」的位置，事實上雖然每一位百衲被製作者拿到的設計相同，但是做出來的成品卻風格迥異，因爲每一個人對「合適」的理解天差地遠。

今年暑假，安捷在一家電腦公司上班，下了班，他就靜靜坐在我身邊，看我怎樣一針針將布片縫在一起，或者靜靜站在那裡，看我怎樣用尖頭小熨斗將接縫細細燙平。他搬來沉重的磚頭書將燙好的方形布片「鎮壓」住，感慨著，無論怎樣狂野的夢想都需要一絲不苟才能付諸實行。

一天他從門外跳進來，興高采烈告訴我，十七年蟬正在「製造baby」!話說完竟然臉紅了。

他趕快轉移話題，問我手中的這個工程大約多久可以完工。我回答他，「雙婚戒」每一百平方吋由七十多片布料組成，現在這一件，卻只需要十二片，工程量小多了，工期應該大大縮短。我卻想到了一個故事，而且把它放在心裡，沒有說出來。

我的婆婆年輕的時候，手巧。婚後，我做了一幅美麗的十字繡送她。她不但將它掛在餐廳裡，而且常常用這個題目來修理我那位不肯做針線的弟媳婦。其實，我那弟媳婦眞是冤枉，她的手不但骨節粗大而且常常發炎浮腫，實在不適合做針線。然而婆婆總是譏笑她的不諳女紅。

我就在想，我要送給安捷的百衲被，他將來會帶進他自己的生活，那將只是一件來自媽媽的贈品，它絕不應該成爲一道緊箍咒，讓他將來的女友「自愧不如」。正如你所說，世界上有那麼多有趣而重要的事情要做，總有輕重緩急，不一定非做針線不可。這一點我會找機會慢慢說給安捷知道。

窗外蟬聲如同炸雷，雄蟬正在死去，雌蟬正在嫩葉上刻出Y形切口以便產卵，牠們亦將在產後死去。幼蟲孵出後將迅速鑽入地下，牠們將在地下八吋的黑暗中度過下一個十七年。繁衍竟可以是如此悲壯的，這卻是徹底的唯物了。

深深祝福。

韓秀 二〇〇四年五月三十一日

【第十二封信】

社會以這一天來嘉獎制度向來虧待的母親族，
而子女以這一天來購買自己的心安。
母親面對這些一時尊榮就像個魁儡，聯手作戲。

——張讓

友箏給媽媽生日卡

生日卡內

我對母親節完全無所求，那只是尋常的愉快的一天，
安捷給我的任何驚喜我都照單全收，
而且每每感覺到母子之間的默契，非常貼心。

——韓秀

寫信

怎樣不過母親節

韓秀：

母親節來了又去了。你有特別過「節」嗎？

前個週末去中國店買菜，算帳時老闆說：「今天豆苗比較貴，下星期還會更貴！」聽他報價，果然。問原因，原來是因爲母親節。到時家家請媽媽上館子，雪豆、豆苗這些飯館用得兇的菜就漲價了。

其實，我的想法是：母親節和我有什麼相關！我向來是不在乎這種節的。

到書店去，看見針對母親節擺了一桌禮物書。我好奇看了看，都是些軟性的書：繽紛悅目的詩集、言情小說、生活故事、漂亮的食譜和家庭裝潢畫冊等。做媽媽的人就「看」這些書？就「只能」看這些書？我想，甚至不敢說是「讀」。架上的母親卡望去一色可怕的粉紅，卡片上多是一簇又一簇的紅心，有的甚至還繫了粉紅紗蝴蝶結。

那大量的粉紅，簡直讓人看了就笨。

從這些禮物書和卡片看來，母親仍然只是感情豐富而沒有頭腦的族類。是嗎？果然「母親」的程度就只及於這樣嗎？究竟，母親是怎樣的？讓我想到最近讀到的一篇書評，針砭兩本新書，《屋裡的潑婦》（*The Bitch in the House*）和《沙發上的混蛋》（*The Bastard on the Couch*）。《屋裡的潑婦》是一群相當年輕的女作家大嘆帶小孩的苦經，男作家因而趕緊也祭出自己的《沙發上的混蛋》呼應。兩書迴盪不絕的不是神聖父母滿腔自我奉獻「如山高，似海深」的情意，而是對帶小孩那種瑣碎枯燥加上無窮身心付出的厭煩。有趣的是，留在家裡買菜帶小孩的家庭主夫，把屎把尿清理穢物一陣後，滿腹瑣碎和怨言，就像典型的家庭主婦——「父親」成了「母親」。原來，「母親」就像「太太」，眞正指涉的未必是性別，而是功能。我想，你也和我一樣，經常期望有個「太太」。

我們曾在一封信裡談過愛的語言，但是單向的：父母對子女。這時我想的是反向：子女對父母。如果單從演化的角度來看，子女實在沒有必要孝養父母。基因是最功利的，只關心兩件事：食物和生殖；基本上同一：確保物種繼續。爲了保護後代（也就是保護種族），基因必然設定父母無條件爲子女鞠躬盡瘁，這是血濃於水的意義。反過來就不然了，一旦子女長成，父母功能已盡，可以自生自滅了。因此社會必須創建倫理道德，從小耳提面命，提醒子女孝順父母。當然，這樣純生物學的觀點太唯物、太機械、太無情了，反對的人可以說：可是親子間是有感情的！話是不錯，然只要仔細看看，不難發現父母對子女眞可說是無微不至；至於子女對父母，那便經常是勉爲其難，盡義務的程度大於盡心了。中國人以「樹欲靜而風不止，子欲養而親不待」來提醒子女及時善待父母，假若子女對父母果然如父母對子女，便不須這樣諄諄囑咐了。我知道自己對父母遠不及我對友箏。

我問友箏母親節對他有什麼意義。

「如果你不這麼痛罵母親節，我大概會給你買樣東西。」他答。多典型的消費人！有人問過母親她們最想要的禮物是什麼嗎？果然是肉麻的卡片或昂貴的物品或少做一頓飯嗎？這些一時的親愛或謳歌，眞正的意義是什麼？是濃縮的眞情？還是，臨時製造出來的感情速食？

我自成爲母親以後，一直深覺母親節（像許多節日一樣）是個最諷刺、最淺薄的節日。「慈母手中線」或「母親像月亮一樣」這類的歌頌背後，壓迫的意義超過尊榮。所謂慈母或賢妻良母這種稱謂，好像是舊社會的符咒。在那光環下，女性受社會角色定義而毫無自我，歌頌的對象是她的功能（先是生殖，其次是養育），不是她。那哄抬、禮敬成了儀式，像做戲。說是收買、安撫甚至敷衍、愚弄，恐怕更近實情。社會以這一天來嘉獎制度向來虧待的母親族，而子女以這一天來購買自己的心安。母親面對這些一時尊榮就像個傀儡，聯手作戲。如果有哪位母親不識抬舉，拒絕合作呢？通常，做母親的是受寵若驚，乖乖收下那當天有效的「孝敬」。

母親節那天，是個清爽的晴天。早餐後我照常去買菜，友箏和他爸趁這時合力為我烤了個蛋糕。下午時我們和妹妹、妹夫一起到公園逛了一下，然後他們來家裡晚飯。我沒有過節，只是過了個愉快的星期天。誰要過什麼逢場作戲的母親節呢？

張讓

祝好。

回信

開懷一笑之必要

張讓：

火氣消了嗎？念念。

其實，粉紅色的母親節卡片並不是那麼「看了就笨」的惡俗。絕大多數的母親很珍惜這些卡片的，那些粉紅色的蝴蝶結在幾乎褪色之後還被整齊的收藏著，年老的母親常常會拿出來翻閱一番，內心深處非常溫暖，特別是如果孩子已經走了的話，比方說犧牲在伊拉克或者天安門，那綴滿玫瑰花的卡片是何其珍貴呢！當然，如果孩子在一個「遙遠」的地方好好的生活著，那卡片的溫馨，那卡片又一次帶來的開懷一笑也仍然是重要的，於母親而言。

絕大多數的母親都愛孩子，爲了孩子可以忍受任何艱難困苦，並不會因爲感覺「帶小孩的瑣碎枯燥」而生出厭煩。安捷對我來講每天都是一本全新的書，他是那麼有趣啊，何來厭煩。現在，他十八歲了，已經「朝九晚五」的開始他「大男人」的生活了，但是常常把「Love you!」掛在嘴上的是他，並不是我。母親節那天他正在準備學年結束之前最重要的考試，在校園中他又沒有車，不得不私下和J聯絡，請老爸幫忙，載他去購得一張繪有鬱金香的卡片，寫了兩句只有我懂的私房話，趕回家，請媽媽去吃一碗「媽媽喜歡」的麵。不錯，那鬱金香正是粉紅色的，看上去可是聰明伶俐一點兒也不笨呢！那粉紅色並沒有否定我整天和文字糾纏不清的苦況，那粉紅色帶給我的是開懷一笑，每次翻閱必開懷，何罪之有呢？你說是不是？

至於說「耳提面命」提醒子女孝順，我倒是不覺得那麼重要。什麼是孝順？安捷成長爲一個對社會盡責的人就讓我寬心，讓母親寬心就是孝順。當我老、病的時候，要他在兼顧工作、家庭的同時，在我身邊衣不解帶的端湯送藥嗎？我才不要！我們的朋友們有多少都好像蠟燭兩頭點燃，在辦公室、家庭、醫院和孩子的補習班之間瘋狂的穿梭往還，迅速的損耗著體力、精神。他們被磨蝕得多麼迅速啊！我絕對不要安捷過這種日子，你也絕對捨不得讓友箏這樣做吧？所以，子女對父母是絕對不必如同父母對子女的。將多半的精神力氣花在教養下一代的作法，絕對是比較正常、比較健康的。

其實，母親是否被「虧待」，並不能一概而論，我並沒有覺得被虧待，J和安捷都不會讓我覺得自己可有可無；相反，他們的精神支柱大概就是家中這唯一的女人。這女人不是一架永動機可以不眠不休的「克盡職守」，這女人不但是「家」這個概念具體而微的呈現，她的愛深沉似海且無邊無涯，受惠者也遠遠不只身邊這兩個男人，那即是她特有的存在了。J和安捷都明白得很。

安捷一定要買一張卡片給我，並不是要「心安」，友箏要「買樣東西」給你也絕非「作戲」。他們愛我們，他們要讓我們知道，他們在愛著我們，僅此而已。既然要子女孝順父母，總要給他們示愛的機會吧？一笑。

六月二十日就是父親節了。絕大多數可憐的父親們在職場上奮鬥不已甚至委曲求全，所為何來？還不是家庭和子女？筋疲力盡的離開了辦公室，灰頭土臉進得門來，孩子遞上一張卡片，蔚藍色海濱，沙灘上一張舒適吊床，床頭一張小桌上，一杯加了冰塊的飲料是那般的沁人心脾……瞧！孩子就是這樣子為終日辛勞的父親「安排」了一個假期！這不能說是「敷衍」吧，只能說孩子看到了父親的辛勞，他（或她）不能無動於衷，於是在父親節就送了這樣一張卡片。換來的，多半是大笑三聲。那大笑正好趕走了滿身滿心的疲憊，豈不是好得很嗎？從這個層面來看，母親節與父親節並沒有太大不同，那「笨笨」的粉紅色與蔚藍色都是同樣的笨得可愛。

我對母親節完全無所求，那只是尋常的愉快的一天，安捷給我的任何驚喜我都照單全收，而且每每感覺到母子之間的默契，非常貼心。至於你說的期望有個「太太」，而且是「功能性」的，大概指的是「期望有個太太」來替自己做家事吧？噢，我從來沒那願望，無論男女，家事做得比我好的，大概沒有幾個！

寫下這麼狂的句子，希望換得你大笑一聲。哈！

祝心境大好。

韓秀二〇〇四年夏初

上學和教育其實是兩回事，教育不必在學校進行，學校教育也不是教育的全部。
我向來喜歡讀書，但不喜歡做學生。
我不喜歡學校教育，但喜歡校園氣氛，
那種生命正在開發、未來無限的天眞和熱情。

——張讓

從學前到大學，這「社會學」的課程最爲刻骨銘。
這課程絕對不是家裡的「私塾」能夠辦得到的。
這課程還伴隨著有聲有色的「叢林法則」，
讓安捷看到人生的眞實、複雜與多變。

——韓秀

學校監獄？

韓秀：

秋天了，我們附近已經可見幾片落葉。這種時節，總讓我想到還在安那堡唸書時，在早晨涼涼的空氣裡穿過校園裡來往的學生去上課，懷裡抱了書，頭上大片藍天，心裡是飽滿的新奇和喜悅，好像正要出發去旅行。這種對校園和開學的感覺一直維持了下來，每當涼意初起，那種開學的喜意便又回來，儘管我離開學校二十多年了，而且從來就不是個老實唸書的好學生。

不，得修正一下。高中以前是，乖乖坐在教室裡，甚至還專心聽課，用心想教科書裡的話，認眞做功課考試。高中時開始爲得關在學校裡對校長老師畢恭畢敬非常憤慨，但無可奈何，我還不是行動上的叛逆。大學時代不同了，這時可以蹺課，因爲校門口沒人攔截，老師點名你也可以不那麼在乎。設想從小學到高中，學校若沒有校規嚴格規定放學前不准出校門，又沒有校警和糾察隊虎視眈眈把關，學生會安分待在校園裡嗎？我懷疑。以前學校裡三令五申，學習的內容以種種不准和不可以開始，學校和監獄非常像。直到二十世紀，英國學校裡還盛行鞭笞，可以打到見血。今天的學校儘管開明許多，但強制服從的基調仍然不變。學校和政府一樣，最怕的是底下造反。我儘管厭憎權威，但必須承認：學校若缺乏起碼的規章，無法馴服學生。

你還記得以前開學第一天，安捷從學校帶回來的校規手冊和眾老師個別的約法三章嗎？你記得在那些一張又一張的規定上簽名嗎？起初我驚訝美國的學校竟這樣煞有介事，畢竟台灣學校並不須經過這道彷彿簽約的隆重手續。我以為送友箏去上學，實則更像送他去管訓。一年又一年下來，我馴順的簽那些千篇一律的學生守則和須知，友箏則始終矢口不喜歡學校。等問清理由，我也就難怪他了。現在他高中了，仍舊需要我簽那些名，仍舊批評學校裡一色白像醫院，不同的是剛開學時他興奮報告：「老師比較合理，電子實驗課的老師非常風趣！學校應該只聘像他這樣的老師。」可惜過兩週就又生厭了。

倒是這學校有件奇事值得一提：下課時廁所鎖了。原因？似乎是以此避免學生利用下課時間在廁所吸毒。我以為聽錯了，要友箏重複。沒錯，學生下課時不准上廁所（雖然本來幾乎也沒時間上廁所），只能上課時舉手拿到老師的通行證才行。多野蠻！

多荒謬！這和極權體制下三人以上不准集會豈非差不多！這麼個連上廁所的自由都沒有的地方是學校，還是集中營？我若是裡面的學生，必集合同學向校方抗議。但這些在網路上衝鋒陷陣的大孩子，似乎安然接受這樣的待遇。他們難道不覺得學校政策矯枉過正，太不合情理了嗎？

我們知道軍人一旦入伍，立刻便失去基本人權。學生入學是否類似？學校畢竟不是軍隊，更不是監獄，除非是《簡愛》裡的孤兒院。我不免想到九一一後，我們只要進入機場或進出國境，立刻就變成恐怖分子嫌疑犯。現在友箏一跨入學校，即刻便成爲吸毒嫌疑犯。也就是，學生還沒犯錯就先受到懲罰：失去了排泄的自由。

放大來看，因爲恐怖主義，我們現在生活的環境成了這樣：在特定假設下，我們都是罪犯。記得讀過一本回憶錄，那作者的父親在子女還沒犯錯前就預先懲罰他們。正如史匹柏改編自菲利普·狄克小說的科幻電影《關鍵報告》裡，警察預先逮捕囚禁未來的罪犯。我趁機和友箏討論現代刑法裡，社會在證明個人有罪前視爲無罪的概念。他因此明白，在他的學校裡，正如在機場裡，這原則並不管用。

無論如何，友箏雖然大了些，還是個孩子，這事他毫不掛心。是我念念不忘，總在想教育和學校的關係、怎樣才是理想教育和理想學校。上學和教育其實是兩回事，教育不必在學校進行，學校教育也不是教育的全部。我向來喜歡讀書，但不喜歡做學生。我不喜歡學校教育，但喜歡校園氣氛，那種生命正在開發、未來無限的天眞和熱情。如何教育，這是個古老難解的問題。你說是不是？

昨晚夢見還沒給你寫信，今天趕快寫了。

祝好。

張讓

回信

規矩與方圓

張讓：

你還好吧？看你來信，多少有點擔心，不知你這個暑假過得怎麼樣，好像心緒不是很平穩呢。

今年，我沒有暑假，用心的爲台灣的少年讀者寫了一本托爾斯泰傳記。提筆之前，重溫托氏小說，對我來說，實在是養分極豐的一堂大課。當然，暑假期間，安捷在家，又給我平添無數快樂。兒子在家的日子天天都是節日！

暑假期間，安捷雖然經教授介紹進入一家電腦公司，賺錢賺得很快樂，但是他眞心盼望開學！盼望回到朋友們中間去，盼望和教授們「教學相長」。

我自己在上個世紀五、六〇年代的北京沒有愉快的中、小學經驗，因爲那個社會本身就有嚴重的問題。但是，學校於我而言只是煉獄的一部分，從中挺了過來，也就得了「五毒不侵」的能力，並不覺得失望。自然科學方面的長進則是意外之喜，一生受用。

對安捷來說，學校是從家庭到社會的一道橋樑。他三歲半進入「小世界」學前班，小朋友對他提出的第一個問題竟然是：「你有幾個爸爸？」那些孩子來自破碎的家庭，生身父母早已離異、再婚、再離異、再婚。孩子從一個地方流浪到另一個地方，「家」恐怕是祖父母住的地方，或是在他們短短的經驗裡留下過好的感覺的地方。而不是像安捷那樣，無論搬到哪裡都有自己舒適的房間、忠實的玩具朋友、唸故事書給他聽的爸爸、和他一起「建築城市」的媽媽（他們都是獨一無二不可取代的）、好吃的飯菜、暖暖的衣服。這一切竟然不是天經地義的、不是理所當然的，是很寶貴的呢！從學前到大學，這「社會學」的課程最爲刻骨銘心。這課程絕對不是家裡的「私塾」能夠辦得到的。這課程還伴隨著有聲有色的「叢林法則」，讓安捷看到人生的眞實、複雜與多變。他的心逐漸寬厚，對人的深切同情與日俱增。回到家裡，那是一個三人各讀各的書的安靜、平穩的世界，人際之間除了愛與尊重之外擠不進別的東西。然而，學校卻是社會的縮影，凶險得多。安捷走過其中，自信而堅強。

正因爲學校的教育對象是人，人各有異，規矩則成爲必要。安捷帶回家需要我們簽字的各種規章與要求不計其數，它們不單單是爲我的孩子設定的。所以，我簽字如儀。如果，我發現太不合理，會給安捷帶來極大不便的「要求」，我是一定會去提出意見的。我們沒有碰到過課間休息時間將廁所門鎖起來的學校，如果有這種事我是一定會去理論一番的，家長出面「理論」也是一定會產生作用的。二十年前手機似乎只是和「販毒」相關聯，但是，在家長們多年的爭取之下，現在美國多數高中都已經允許學生攜帶普通手機，這就是一個簡單的例子。

安捷上過的所有學校幾乎都有警察叔叔坐鎮。第一個學校在紐約，是聯合國國際學前學校，許多學生的父母或是皇親國戚或是知名人士，爲防止綁架或其他不幸事件的發生，警察叔叔不可或缺。安捷從小就習慣看到警察叔叔的笑臉，被他們的大手舉向空中是一件快樂的事。

外交官家庭派往多事之地，家屬接受反恐怖訓練是必須的課程，十歲的安捷獨自接受訓練。就在那一天，美國駐沙烏地阿拉伯大使館遭受攻擊，牆上的巨大屏幕顯示削掉半邊的辦公大樓，地面的大洞深達若干米，跳動著的數字顯示死亡的美國人人數。就在這個環境裡，安捷建立起對使館安全官、對海軍陸戰隊的信任與友誼。他清楚學到，他和他父母的性命是由這些勇敢的人來保衛的。他積極合作，當安全人員用設備檢查車底的時候，當他們在房前屋後巡查的時候，當他們猛然現身車庫的時候，當他們要求安捷放棄球賽待在家的時候，他心悅誠服，沒有一絲的焦躁，因爲他知道，這一切都是必要的。

終於，他在美國學校和麥當勞親眼看到了眞正的炸彈，看到我們的軍人如何排除它們，而他自己卻和老師、成年人一道去疏散別的小朋友，甚至去安撫比他自己年長的孩子。

九一一是一件令他憤怒的事情，紐約是他的城，神聖不可侵犯。何止機場，在高中，比他矮半個頭的警察叔叔要他敞開長及膝下的黑色皮大衣，把電棒伸向他的時候，他也是面帶基努．李維式的微笑，從容合作，並不覺得自己成了恐怖分子嫌疑犯，而深切了解小心防範的必要性。他的合作不但贏得掌聲，甚至因爲那鏡頭實在太酷了，而惹得女生們尖叫起來，卻是意外的「收穫」。一笑。但這並不等於學生沒有主見，幾天前，紀錄片《華氏九一一》的製作者麥可．摩爾開價三萬五千美元去安捷的大學演講，校方無可無不可，社區民眾和學生們堅決反對在大學園區出現狂熱的政治口水，結果這個演講就被取消了。正是規矩與方圓互成因果的絕佳例子。就此打住，並祝福一切。

韓秀二〇〇四年十月三日

無論他投誰的票，他還是我的兒子，
我對他的愛也不會減少一絲一毫，
我沒有任何理由去干擾他，難道不是嗎？

——韓秀

【第十四封信】

你家真有意思，有可能一人投一種票（雖然我推測其實是兩種）。
不像我們家三隻「同仇敵愾」……

——張讓

寫信

關鍵的一票

張讓：

你好嗎？

昨天，十一月三號，就想寫信給你，但是我看J沉默不語，多少有點不放心。再說天氣預報今天整天下雨，如果把落葉留在草地上，明天會很難清理，所以，我們昨天就齊心合力把房前屋後的落葉都清掃乾淨了。出了一身汗，J的情緒也好得多了，一句話，他已經心平氣和接受了布希總統連任的事實。說說笑笑的時候，他忽然問了一句：「不知道安捷投誰的票？」我老老實實回答說：「我沒有問。他只告訴我，在市政建設方面，他投票反對政府舉債修建精神病院。他覺得，我們的精神病院已經夠多了。他比較願意政府花錢完善圖書館、修路、建停車場之類。」J笑說：「我比較在乎他投出的那張關鍵票。」

你大概還記得我們家多少年來投的都是「抵消票」。我是共和黨，J是民主黨，而且我們都「忠黨愛國」，對自己的黨提名的總統候選人擁戴有加，總覺得自己的「意中人」當選，才能保證四年的國泰民安。今年的情形大不相同，我們家出現了第三張票，十九歲的安捷將投出他的一票，就是J說的，那關鍵的一票。在支持度不相上下的情形下，安捷他們這些第一次投票的選民的動向尤其令人矚目。

爲了保持和平避免內戰，聰明的安捷從一開始就高舉「獨立」大旗，強烈表示其思考不受親情影響。

我也覺得，他不願意在家裡討論選舉問題是對的，現在的資訊是這樣的發達，年輕人從無數管道得到的消息充滿了矛盾，他們自己必得有一個分析、比較、研究的過程，這個過程應該是他們自己獨立進行的。無論他投誰的票，他還是我的兒子，我對他的愛也不會減少一絲一毫。我沒有任何理由去干擾他，難道不是嗎？

J的想法大約有所不同，他不斷旁敲側擊，常常在「無意中」提到布希的「錯誤」以及凱瑞的「勤於思考」，形同玩笑，但是，隱隱然，滿有「殺傷力」的。

選前，安捷直接的談到候選人，只有一次，那是在選前辯論的時候，凱瑞大談他的「施政方針」，要減稅，增加社安福利，又要讓每個人都得到醫療保險等等。安捷對著電視機上的凱瑞閒閒說了一句：「這麼多的支票，您拿什麼兌現呢？」

十一月二日，早上七點鐘，J和我抵達投票所，整整排了一個鐘頭隊，這才投了票。在投票所看到鄰居和朋友，大家談天氣談電腦故障談快要高中畢業的孩子選大學談許多與大選毫不相干的事情，神情愉快。

投了票我和J分道揚鑣，他去城裡上班，我回家寫稿。正寫得痛快，車庫門響，竟然是安捷回家了。他胸前有一張貼紙「I VOTED!」

他強打精神告訴我說，他在電腦上工作到清晨六點半，沖了個澡，跑去投票，在排隊等候的時候，遇到一對夫婦正在爭論電腦上的一點小問題，「我就插了一句嘴，幫他們解決了，他們高興得不得了。後來，他們就說到明年夏天的旅行計畫，他們計畫到希臘去，我們就聊希臘。眞沒想到，我居然變成『專家』了。多好玩！」

他強睜雙眼有說有笑，我打斷他說：「你大概餓得差不多了！去沙發上躺十五分鐘，我馬上弄早飯給你吃，吃完了，我開車送你回學校，路上你還可以再睡四十分鐘。」他笑得好開心，馬上就挪到沙發上去了。

煎蛋、蔥油餅、熱巧克力，吃飽了，我們上路。「下午一點半，我有一個重要的考試，是電腦方面的……」話沒說完，安捷已經仰靠在椅背上睡著了。我慢慢開，足足晃了四十五分鐘，才把他送回宿舍樓。

十一月三日清早，大選結果尙未揭曉，我特別收看喬治・梅森大學的報導，一些學生徹夜守候，他們向電視台記者談到他們對戰爭、國家、政治與經濟的諸般看法，「陣前不宜換將」以及「解鈴還需繫鈴人」的說法不斷被提到。

晚飯時候，安捷打電話回家：「媽媽，我考了一百分，教授批語，『無懈可擊』。我想，關鍵是我好睡了四十五分鐘。當然，蔥油餅功不可沒！」我恭喜他考到最高分。他放低了聲音：「媽媽，你大概很高興，大選結果是你要的。恭喜。」

隔著餐桌，J問：「他有沒有說，他那關鍵一票投給了誰？」

「沒有。他只說恭喜。」

祝福。

韓秀二〇〇四年十一月四日

回信

我們不能沒有歡愉

韓秀：

正想把大選結果丟在腦後，接到了你的信。讀著讀著，不禁微笑起來。你家眞有意思，有可能一人投一種票（雖然我推測其實是兩種）。不像我們家三隻「同仇敵愾」——你看我用這樣「火爆」的字眼，就可知我們對這次選舉有多投入了。

友箏才高一，還不到十四歲，正在似懂非懂和除了玩樂對百事不甚關心的年紀。但我們晚餐不時會談到伊拉克戰事和政府的種種作法，他有時也和我們一起聽公共廣播電台的新聞雜誌《事事關心》。因此遠在大選之前，很多事上他就和我們「一國」了。可以說這是家庭教養的影響，但我們在許多其他方面怎麼教他都教不動，譬如整潔和勤勞、做事要盡力、關心別人等等。我相信我們的影響可觀，但仍必須由他根據自己所見所聞，和我們在論證上所給的事實和邏輯爲基礎，自行判斷而後得出結論才行。

總之，我很高興在這大事上他和我們同步，否則恐怕「難以相處」。我不禁想到你家情形。若友箏明擺著和我們唱反調？我得用力深呼吸，才能實地想像那「場面」。當然，政治觀點不致危及骨肉親情，家裡的民主也要維持。但我必然會像你的J一樣，旁敲側擊外，有機會就策反他一下，甚至明目張膽「傳教」，要引他「改邪歸正」。唉，光是想像都讓我頭痛。幸好事實不是那樣。想像和陌生人為了政治論戰，似乎要容易一些。

不過好像也不盡然。有時我不免想，果真和一個「敵方」人士面對面，搞不好一言不和就大打出手，至少眼睛出火、鼻孔冒煙、牙齒間嘶嘶作響。因為，我堅信以全面衡量，不管從什麼角度，現任總統都不及格，甚至比不及格還要糟，根本就壞到極點了。我對自己的「理性」判斷有絕對信心，天打雷劈都不能動搖。因此每聽到新聞報導的意見調查，便覺得掉進了黑暗時代——我完全不能理解對方的邏輯。這讓我激憤不已，覺得世界到了盡頭。你看我有多狂熱和野蠻！其實即使現在冷卻了些，想起來還是悲嘆不已。

記得離投票還有一陣，有天友箏放學回來，提到同學雷恩在校車上說：「布希太笨了。如果他能投票，他要投給內德（Nader），因為他會讓大麻合法化。」雷恩還說他父母從不投票，根本就沒註冊是選民。此外，友箏的高中舉行了模擬選舉，凱瑞當選。可是友箏沒投票，因爲他沒細讀投票海報，不知道要先註冊。這傢伙，總是昏頭昏腦的！不過在看總統候選人「辯論」時，他看見布希結結巴巴重複自己，倒是忍不住搖頭取笑。

投票那天他說要和我去投票。不是他關心選舉，而是找機會逃學。他還小時，我帶他去投票過一次，因此他知道我們這裡，投票是在簾子裡面用機器進行。那天我出奇早起，友箏出門上學我也出門去投票。才七點多，投票的人沒幾個。我順利投票，不像後來州內其他地方傳來一些沒法投票的新聞。

這次大選激烈，打破歷史紀錄。全國分裂成二：城市對鄉村、沿海對內陸、男性對女性、白人對黑人、教徒對非教徒，兩岸一點藍鑲住中間一片紅。不管多少「專家」怎麼分析，都讓人驚訝。

我洗完菜讀剛到的《紐約客》，裡面有一則讀者投書，表明她是福音教派信徒，但和許多人一樣不解何以布希得到那麼多福音教派信徒的票，她自己投給了凱瑞，因爲他穩重可信。「個人魅力固然好，但我們需要常識和智慧。」另外四封信都強力指責《紐約客》公開支持凱瑞。

《紐約客》裡面還有篇短文，是像我一樣失望的人自問但無法自答的哀鳴，我讀了固然貼心，但不免苦笑。倒是有首詩〈簡短的回駁〉寫得好，一開始就明言：「到處都是悲慘。」接下來指出儘管普遍悲慘，世界上還是有歡樂。「我們可以沒有享樂，但不能沒有歡愉。」裡面許多譬喻都帶濃厚宗教意味，甚至主和魔鬼這樣的字眼都出現了。也許詩人是虔誠教徒，也許是刻意以宗教性的語言來反駁這個以宗教爲宣傳的政黨和政策。

爲了那句「我們可以沒有享樂，但不能沒有歡愉。」我想我可以暫時平靜下來，安慰自己有那麼多人出來支持凱瑞，也許我們不致全盤皆輸；同時欣賞後院仍然美麗的秋葉，喝一口濃香的咖啡，吃一片奶油甜餅，讀《維尼小熊》給友箏聽。

難以相信，這幾本《維尼小熊》，不管我讀過幾次，每回重讀都還是不禁微笑。

你正快樂研究食譜寫小說，大概不需要《維尼小熊》來逗你笑。

順便，你知道維尼小熊是作者米恩根據誰造出來的嗎？

——是他的好朋友，愛吃愛喝圓圓胖胖的邱吉爾。

祝一切都好。

張讓

我從圖書館借來了《革命前夕的摩托車日記》，
暫時陷入了南美的悲情……

——張讓

我們有一段時間，常常俯身在各種古老的地圖上，
端著放大鏡，
就一千五百年前的險峻形式展開研究……

——韓秀

從《革命前夕的摩托車日記》談起

韓秀：

週末B趕進度到公司加班去了，我帶友箏去看才上演的《革命前夕的摩托車日記》。

路上先在車裡給他一點背景：電影是根據南美革命家恩尼斯托・切・格瓦拉（Ernesto Che Guevara）的同名日記改編成的，講他年輕時偕好友騎破摩托車環遊拉丁美洲的經歷。「這電影的男主角也是《你他媽的也是》的男主角，也是講兩個好朋友一起旅行。」趁這機會，我細問他電影原名（Y Tu Mama Tambien）每一西班牙文的意思。

我不知道你是不是看過《你他媽的也是》。我喜歡公路電影，《你他媽的也是》我看了兩次，《逍遙騎士》也是——我還不是那種愛上一部電影可以看上十幾甚至幾十次的影痴，但朋友裡就有這樣可愛的傻瓜。

《你他媽的也是》是部容易遭誤解的電影，輕易就可以歸入青少年虛無飆車逐色那種老套去。其實在無忌的表面下，是對階級、生死和友情、虛實的省思。電影結束後他們不再是朋友，也不再是少年了。那盲目追逐下掩藏了兩人的眞性情，熾烈和狂歡不過是向感傷和成長的過渡。

眞正說起來，《你他媽的也是》是部詩情憂傷的片子，雖然難免有些造作。我在家裡放過兩次影碟，但友箏都沒興趣——那主題對他還太遙遠了點。

「其實，你剛在學校讀到的《一桶阿曼迪亞多酒》（*The Cask of Amontillado*）也是講兩個朋友，只不過愛倫坡那篇故事很恐怖。」我說。緊跟著又想起友箏暑假期間的閱讀功課：約翰・諾斯（John Knowles）的長篇小說《分立的和平》（*A Separate Peace*）。

愛倫坡和諾斯的故事我原都沒讀過，因友箏才跟著讀。《一桶阿曼迪亞多酒》講「我」覺得受辱而設計謀害朋友，《分立的和平》講一名少年如何因嫉妒導致好友受傷乃至死亡，兩篇故事都給我相當震撼。

像馬奎斯《百年孤寂》的開篇句，《一桶阿曼迪亞多酒》的首句就壓縮時空而張力無窮：「佛杜納多加諸我的上千傷害我都盡情容忍了，但他一邁向侮辱我便發誓報復。」之後愛倫坡以經濟但形象的語言，描述「我」怎樣引誘佛杜納多進入墓穴／酒窖而將他封死在牆後。友箏說老師提到「我」所謂的侮辱可能根本不存在，而是出自想像。我問：「你覺得呢？他是不是眞的受到了侮辱？他和佛杜納多的友情好到什麼程度？可不可能佛杜納多本就個性傲慢，瞧不起他人？」我的解讀是佛杜納多生性傲慢，談話間會現出自己優越，而「我」偏偏是個自卑善妒又記仇的人。《一桶阿曼迪亞多酒》簡短，重在以外在暗示內在。相對，《分立的和平》緩慢細緻經營主角的心境，優美動人，所描述的友情極其微妙複雜，恐怕不是友箏這年紀可了解的。

我問他：「你覺得分尼最後死掉合理嗎？如果他不死會傷害到小說的力道嗎？」

經過一些討論後，我又說：「小說和電影最重要的一點是把你整個吸進去，掉進了故事裡。像《一桶阿曼迪亞多酒》讓人發毛，我覺得恐怖極了，你呢？」

「我一點也不覺得可怕。」

「大概是你沒用心體會。」

到了電影院，兩個鐘頭裡他嫌椅子硬，身上長蟲似的動個不停。出了電影院我問他好看嗎？他說還好。我們去吃簡便中餐，一邊討論革命和共產主義。我問：「你在學校裡學過革命嗎？你知道什麼是革命嗎？」

他不知道什麼是革命，除了美國獨立戰爭。

「其實獨立戰爭不算革命，眞正的革命是推翻舊的權力結構，譬如推翻封建專制、推翻富有階級。」我的說法也不盡對，但眞要討論就太長了。

談了一會他問：「爲什麼美國人這麼怕共產主義？爲什麼共產主義必須極權？」

「好問題！美國人怕共產主義，因爲共產主義和資本主義剛好相反。至於共產主義必須極權，或許是因爲共產主義本質上就極權，不然沒法推行。我們看得很清楚，凡是實行共產主義的政府，都是極權政府。」

這些討論有益嗎？至少友箏還覺得有趣。

「如果你有興趣，看完電影回家，可以上網找拉丁美洲地圖，弄清他們的旅遊路線，還可以讀讀格瓦拉的個人資料和拉丁美洲歷史。甚至看我們的圖書館裡是不是有《革命前夕的摩托車日記》，借來看看。」

當然，友箏並沒做這些事，而是我。我從圖書館借來了《革命前夕的摩托車日記》，暫時陷入了南美的悲情。後來友箏終於上網找格瓦拉，卻是看他長什麼樣子。他已經接受了電影主角的造型，看見眞面目反而覺得是假的。

你和安捷想必常有趣味對話吧？

祝有個愉快的感恩節！

張讓

回信

與天奮鬥，其害無窮

張讓：

說到電影，安捷的選片標準有兩個方向，一種是他感覺有趣的外語片，比方說日本和台灣的電影。大陸鬧得沸沸揚揚的什麼《大紅燈籠高高掛》之類，他只覺得「病態」，沒有半點肯定的表示。對侯孝賢與黑澤明的電影，他的好評甚多，也常常鼓勵朋友們去看。對好萊塢電影，他的重點卻是演員，有時候，好演員選了「糟糕」的片子，他還是捧場，比方說那個惡鬥不止、一派污言穢語的《鬥陣俱樂部》，我看得搖頭嘆氣，他卻微笑寬慰我：「別擔心，我不會像他們一樣跟人家揮拳動手，我只是喜歡小布而已。」

我當然知道，他絕對不會從電影「吸收新知」。甚至，他也絕不信任小說所提供的「資訊」。如果對一件過往的事情有興趣，他去讀的是重如磚塊的歷史書，而且並不信任一家之言，通常要讀幾本不同時代寫的書，不同歷史學家寫的書，這才覺得自己可能比較接近了眞實。唯一的例外是他對紅色中國的認識來自半本英文本《折射》，只讀了半本他已經不忍再讀下去了，而且他堅信，這個永遠愛他，將他看得比什麼都重要的女人在這本書裡告訴他的唯有眞實。從那時候開始，他極其冷靜的審視那個紅色帝國，清楚了解那個違反人性的存在必然不可能天長地久，無論它看起來多麼「欣欣向榮」或是多麼「強悍」。

前不久，他和我同時在讀一本有趣的書 *Catastrophe —— An Investigation into the Origins of Modern Civilization*，這本書在台灣有先智公司的譯本，叫做《西曆五三五年大浩劫》。爲了公平起見，我們也都分別閱讀威爾・杜蘭《世界文明史》卷四，有關拜占庭、伊斯蘭與猶太文明的書寫（這套大書的中譯本是幼獅文化出版的）。安捷非常喜歡杜蘭的研究，將其視爲有趣的百科全書。但是，他也非常感激英國考古新聞記者大衛・奇斯（David Keys）對西元五三五年氣候浩劫以及連鎖反應的研究，他覺得，這研究絕對有警世的作用，告訴大家，人類不可以胡作非爲，而且，與天奮鬥，絕對是遺害無窮。

想想看吧，克盡職守的阿波羅竟然沒有辦法正常工作，沒有辦法將祂的光和熱送達人類居住的地球。在五三五到五三六年，在長達十八個月之久的時間裡，陽光被災難遮蔽了，陽光竟然比月光還要黯淡！全球的氣候猛然失控，大旱、洪水，或者更糟糕的大旱與大雨交相出現，然後是饑荒與鼠疫肆虐，經濟的崩壞導致政治勢力的重新洗牌，甚至生出新的宗教勢力，人類歷史竟然由此而改寫……

我們有一段時間，常常俯身在各種古老的地圖上，端著放大鏡，就一千五百年前的險峻形勢展開研究。由上述災變引發東非鼠疫源沙鼠為求生而四處流竄，迅速帶給了生命力更加旺盛的玄鼠，帶給了人類，再經由船隻帶往葉門，致使繁華的葉門一落千丈，再加上大水引發麥里布大壩崩潰，人們倉皇逃往麥地那。

鼠疫經由紅海而埃及、美索不達米亞而小亞細亞，經由地中海而進入西歐，為非作歹兩百餘年，拜占庭時代的羅馬帝國人口、國力大減，自己內部佛卡斯興兵造反，外部則有波斯和來自蒙古的阿瓦爾人的入侵。安捷特別注意到連阿瓦爾人的西竄也是因為蒙古草原大旱、大饑荒造成的。要緊的是，這一切的災難、殺戮、流血、死亡導致了基督教和猶太教「末日天啓說」的流行。

然而麥加的大饑荒卻給了穆罕默德的曾祖父靈感，他從敘利亞取得小麥，與肉類相混合，製作有營養的羹湯解救飢民。穆罕默德家族的聲名於是在饑荒的肆虐中趁風飛颺，為早期伊斯蘭教興起奠定了基礎。當伊斯蘭之劍出鞘後，羅馬帝國在回教徒手中血流成河，分崩瓦解。

流血的、暴力的革命絕非人類之福，佛卡斯的造反和他瘋狂的殺戮行爲是一個很好的例子。更何況，一個由樹木的年輪、由冰蕊、由遺傳學、由古代文獻而發現到的古代氣候災變所引發的一系列悲慘事件，更是證明大自然的不容輕慢。「與天奮鬥，其樂無窮」只是瘋人的夢魘，絕對遺害人間。今日中國大陸的生態環境險象畢露可謂明證。

對考古新發現的好奇之心再加上喜歡哈里遜・福特，安捷和我們都成了印第安那・瓊斯系列電影的忠實觀眾。當然，爲了同樣的理由，我們也去看了尼可拉斯・凱吉的新片。看他怎樣從「獨立宣言」背後找到巨大的寶藏。電影「漏洞」不少，但是，看電影的過程還是滿愉快的。安捷說，還是比較喜歡「印第」。

感恩節快到了，《華盛頓郵報》正在教大家做「棒棒火雞」，是從傅培梅老師的「棒棒雞」變化出來的。我想試它一試。

祝福。

韓秀 二〇〇四年十一月十九日

比起以前的信，這封特別多情。
因為東南亞海嘯巨災還在善後，多少人忽然就成了無依無靠，
可悲的新聞天天提醒我們：
良辰美景奈何天，面對災變，人不過是蜉蝣草芥；
如果沒有「我們」，「我」還有什麼意義？

——張讓

【第十八封信】

其實，多少年來，我對所謂「邊緣說」一向不肯認同，
當自己覺得自己在邊緣、被邊緣化的時候，
那「邊緣」才真的存在。
否則，我們和別人一樣擁抱生活，怎麼會處身邊緣呢？

——韓秀

寫信

最小的我們

韓秀：

過節好嗎？似乎才剛二〇〇〇年，就已經又五年了。

友箏的寒假忽忽過了，今天一大早他的鬧鐘嘀—嘀—嘀—響了半天，還不見動靜，終於聽到他起床、拉抽屜，過一陣是廚房傳來匙碗碰撞的清脆聲，最後前門開闔兩聲大響，他出門等校車去了。不久B也上班去了，剩下我一人。在床上看了一會兒書，起床做了一陣運動，洗澡穿衣後端了早餐到書房。這一向便是我的例行公事，單人獨處，看我的書，寫我的文章——你生活類似，想必十分熟悉。屋裡靜悄悄的，經常我放上音樂，托起空氣和情緒。等友箏放學回家，到書房加入我做功課，放上他愛的歌手（經常我也喜歡），書房立刻就熱鬧起來。我怕人多的那種熱鬧，但像這樣兩人（有時加上B），氣氛親密豐盈，讓我覺得生機格外飽滿。今早我進到書房，空氣灰色沉滯，好像連音樂也沒法帶動，因爲，少了友箏，又是陰天。

寒假期間，除了聖誕節三天休息過節，其他大多時間友箏和我都耗在書房。他有兩大「工程」要做，一樣是寫十首不同格式的詩，一樣是準備科學報告，說明科學的分枝。每天早上我們在書房安頓下來，放上搖滾樂，在振奮的節拍中背對背各據書桌幹活，有點並肩作戰的意味。有時回頭交換一、兩句話，或他問我問題，然後回頭各自用心敲打鍵盤。

這讓我想起結婚初年，B仍在上研究所，晚餐後看了一陣電視，便又回到功課上。我們各自一張書桌，他研究物理，我寫作。世界在外面，屋裡是安靜單純、做自己喜歡的事的愉悅。住在科羅拉多石城時，夏天晚上，有時我們做到十點半十一點暫停，換上球鞋到附近去慢跑，星光下熨斗山豎起森黑的剪影，像城牆讓人安心，跑完回來繼續做到深夜上床。等友箏可以認字了，晚餐後一家三人在客廳裡聽音樂看書，似乎重複而且放大了先前我們兩人的溫馨。現在友箏十四歲了，可以正經談事，也可以用雙關語相互取笑，在書房一起工作談笑成了遊戲，正是相濡以沫的情景。

這種一起工作，比一起遊戲，給我更紮實、深沉的共同感。當年在家，我在廚房幫母親準備晚飯時，兩人邊忙邊聊，比任何時候都更親。不然全家「一起」做的事，主要除了吃飯便是看電視了，少有心靈的溝通——我的父母既沒有時間，也沒有足夠學養和我們討論讀書和思想的問題。

我不免想，友箏和我並肩工作的經驗，可能相當特殊。一般來講，父母子女本來就難得一起工作。尤其在現代家庭裡，常各有各的手機隨身聽電視電腦，大家關上房門各行其事，甚至連用餐都難得一起。在最壞的情況，個人自私自大，家庭不過是一個屋頂下一群幾乎相互隔離的泡沫，可能比寄宿旅館還不如。私和我走到這個極限，群與共的意義退化萎縮，個人簡直是從孤獨走向孤絕，荒涼透頂了。我因此懷疑：難道個人主義終極在滅絕溝通和分享的需要嗎？當我和友箏談書談新聞談電影談做人做事時，除了自尊自重互愛互助，一再強調又強調的是：表達和分享。我可不願家庭只能培養出一個個唯我封閉，濃縮成原子大小的「我」。

所以寒假裡一連五天，我們陪友箏鑿打又推敲，你一言我一語，笑鬧間將幾首壞詩修理到可以充數——至少有點聲韻，不是原先那種文字樂高積木的貨色。「不停尋找最好的字句，寫作的樂趣就在這裡。」我一再告訴友箏。

現在友箏在一旁做功課，一首 Bruce Springsteen 的歌重複放，一邊搖頭晃腦，而我在這裡給你寫信。不久B回來了，也進書房來。我剛剛泡了咖啡，我們一人一杯，滿室香味。〈下行火車〉一遍又一遍憂傷的唱，我提醒友箏：「這是首傷心的歌，你知道！」他說我知道，隨歌哼唱，滿臉開心的神情。

我知道，比起以前的信，這封特別多情。因爲東南亞海嘯巨災還在善後，多少人忽然就成了無依無靠。可悲的新聞天天提醒我們：良辰美景奈何天，面對災變，人不過是蜉蝣草芥；如果沒有「我們」，「我」還有什麼意義？於是在救災捐款外，我特別想到那個最小最切身的「我們」——家庭。家庭遠非完美，裡面歡笑混合了淚水、期許夾雜了失望。無論如何，家容許個人由「我」過渡到「我們」，讓進一步的放大成爲可能，值得珍惜。因此友箏的〈奧德賽〉詩寫：「一群勇士航行大海，尋找久已失落的家。」他那十首詩裡，這首最好。

我怕寫了一堆陳腔濫調，就寫到這裡。

祝你們一家新年愉快，我們一起期待更好的未來。

張讓

回信

最精采的我們

張讓：

來信收到，果然柔軟了不少。一笑。

明天無從期待，今天卻是非常非常好的。

大海發威帶給無辜百姓巨大災難，但是，大浪也捲走了幾十年的殘酷政治鬥爭，讓玩政治玩得以爲自己天下第一的傢伙們膽寒，從此不敢再任意胡爲，也未可知。

今年的聖誕節，我家三代同堂。婆婆九月故去，六十年來，公公第一次自己過節。我們接他來，和我們在一起。安捷也有三天沒去上班，在家裡陪祖父。

清早六點半，咖啡已經備好，早點已經在餐桌上，我也已經在書房敲鍵。老人睡得少，沒想到還有比他睡得更少的！他輕手輕腳摸下樓來，一直說：「你忙你的，我只是隨便看看。」他順著書架摸過去，中文、還是中文、還是中文！好不容易摸到英文書了，卻是魯本斯研究、德希達、巨大一本伯羅奔尼撒戰爭史、各式各樣的拿破崙正傳與歪傳。他張著兩手在原地轉了一會兒，看著我在英文鍵盤上劈劈啪啪，屏幕上出現一排排中文字，雙手搖著，嘴裡不停的抱歉著，說是需要第二杯咖啡，上樓去了。

幾分鐘之後，安捷來了，他很知己的悄悄告訴我：「祖父被你嚇到了。」我莫名其妙的瞧瞧他，他很帥的拍拍我的肩膀：「我是已經習慣了。其實，任何人看到這種情形都很容易被嚇到。」我想了想，決定放下工作，先去陪陪老人再說。結果，我就聽到了一位善良的、母語是英文，只會說少量法語和俄語的普通美國老人的肺腑之言。他非常感傷的告訴我，二十年來他只知道我是一個書寫者，卻不知道我是「怎樣」去書寫的，怎樣在最少兩種語言之間「跳出跳進」！他覺得完全不可思議，甚至，相當「恐怖」。

話音未落，J從他的電腦房奔下來，在樓梯上告訴我們：「眞正恐怖的消息來了。南亞海嘯！」他反身奔回去了。安捷也一跳三步奔向自己的電腦。我馬上撥通本地紅十字會的電話號碼，問明白捐款方法、救災物資打包所需義工的作業時間等等，一時間，我家三口已經好像一個戰鬥團隊，分別有了自己的崗位，緊張而迅速的行動起來。老人嘆道：「眞正是訓練有素！」安捷安慰祖父：「比應付恐怖攻擊簡單多了！」

J遲遲未起身，他正在幫助希望馬上奔向南亞領養天災孤兒的美國老百姓尋找最快捷、最安全、最有效的途徑……

老人年輕的時候參加過菲律賓保衛戰，自覺與南亞血肉相連。近年來自電話公司退休之後，就在紅十字會擔任義工。現在，他覺得又到了他可以好好出力的時候了。八十六歲的老兵意氣風發返回他的戰鬥崗位，告別的時候，他意味深長地對我說：「現在，我知道了，在美國的中文書寫者，活得多麼精采！」

其實，多少年來，我對所謂「邊緣說」一向不肯認同，當自己覺得自己在邊緣、被邊緣化的時候，那「邊緣」才眞的存在。否則，我們和別人一樣擁抱生活，怎麼會處身邊緣呢？只不過我們多了許多事情要做，我們爲閱讀中文的人們而寫。現代科技爲我們的書寫增加了速度，使我們的工作在更短的時間裡出現效果，讓我們更加精采而已。

昨天收到你的信之後，先出發去一個讀者們安排的簽名會，然後上街買菜，洗洗切切，一盒又一盒裝在籃子裡，再加上油、鹽、醬、醋和我的炒鍋，開車去安捷的大學宿舍，在那裡爲他和他的三位室友做一頓純粹的中餐。

爲了賑災忙得一臉鬍碴的四位年輕人非常紳士的招呼我，我請他們各自去整理內務，燒飯的事情，我一個人弄就好了。半個鐘頭之內，年輕人出出進進不斷的吸著鼻子，「好香！」很快，我叫了一聲：「吃飯了！」他們在瞬間坐好，麻辣黃瓜、叉燒炒飯、魚香肉絲、蔥爆牛肉、烹大蝦，幾樣家常菜以大分量一一上桌。雖然他們客氣著謙讓著，但是，我必須誠實的說，只有「風捲殘雲」可以形容這頓晚餐的績效。眞正的盆乾碗淨。其中一位不當心的說出，上一頓還是昨天下午吃的，迅速的被其他三位的笑聲淹沒。

畢竟年輕，吃飽了，有了力氣，爭著洗碗、收拾爐台，不失時機的讚美中國菜的無與倫比，以及媽媽們的豐功偉績，笑語連連。安靜下來之後，一位特別提醒我，地震是接二連三的，不要忘記在文章裡提醒台灣，要小心戒備呢！

我在大霧裡開車回家，路燈模糊如豆。心裡卻是十二分的滿意。日子實在豐足。而我們，活得實在是相當精采。你一定同意的。

祝福一切。

韓秀二〇〇五年一月七日

我們永遠會在對方最需要的那個時候提供最有力最直接的支援。
提供支援的一方常常並不知道自己的貢獻究竟有著怎麼樣的價值，
但是我們都知道必須排除萬難去做某一件事，因為什麼呢？因為需要。

——韓秀

我們不但不靈通，倒反而常搭錯線會錯意……
其實他耳朵像心臟有個安全瓣，老媽開講立即關上。
這正是他腦殼厚如銅牆鐵壁，
我這「目光如炬」的老媽參它不透的時刻。

——張讓

寫信

直覺的魅力

張讓：

你好。上個星期覆了你的信，匆忙之間沒有把話講完。今天心情大好，再追一封。

你上封來信中最精采的一部分是談到你和友箏在書房裡「共同工作」的經驗。我和安捷在工作中的相互扶持有著另外一種方式。我們非常善於互相閱讀「腦語」。也就是說，我在一樓他在三樓，或者我在家裡他在大學，或者我在路上他在公司，他通常是最早知道我的需求的那一個人。反過來也一樣。

前天我在曼哈頓，陰溼的天氣，雨霧瀰漫，在南端的雙子星大廈遺址走了一圈，那地方已經變成聯接新澤西州、曼哈頓和布魯克林的交通中心。人們正在把那傷痛之地重新建設起來，在三年半中我們這是第五次來到此地，這一回我是眞的放心了。從南往北，在颼颼的冷風當中，下意識的向第五大道進發。就在把大衣領子豎起來的那一瞬間忽然明白，我的目的地是安捷心愛的玩具店 FAO 。沒有任何特別的理由，我只是知道，無論天寒地凍，必須走這一趟。一進店門就感覺非常踏實而愉快，安捷喜歡過的老朋友都安在！上了樓，有一個舒適、有趣的角落，孩子們在那裡「修橋鋪路」。那種拼接玩具曾經是安捷非常喜歡的。順便，我也注意到一種大型的瑞典積木似乎斷貨了，那曾經是安捷的最愛。一個小時之後，我在旅館房間裡撥通了安捷的電話，告訴他，我剛剛離開 FAO 玩具店。他的聲音裡有著某種興奮，他竭力不使那興奮表現得太過強烈，假裝不經意的問道：「你沒有上樓去看看吧？」「我去了，幾個孩子在那裡修鐵路……噢，對了，你喜歡的大積木斷貨了……」「真的！那就是此時此刻我正在努力查詢的一個訊息！竟然被你找到答案了！」他在電話線那一頭大聲歡呼。我在這邊用圍巾拂著大衣上的水珠，思忖著這平淡無奇的小小資訊在他那複雜之極的程式裡，有著怎樣重要的奇妙位置。

三個禮拜之前，我的一堆專欄文章已經接近尾聲，腦子裡在準備著下面要寫的一篇短篇小說。當時，心裡的荒寒無邊無際。專欄非常貼近實在的生活，我被人間眞實的虛假、僞善、冷漠和自私攪和得沉重不堪，期待在小說裡尋找平衡。感覺已經非常強烈，但是，我需要一個適當的、恰如其分的出口。在腦袋裡翻揀一些素材，卻沒有找到那樣一個天衣無縫的……忽然，安捷從天而降，他把車子停進車庫，連大衣也沒有脫，直接奔下樓來，帶起一陣風，「今天，你關機以後，去找一找Peter Cincotti的唱片吧。」「他好看嗎？」我繼續敲鍵。「他不錯。」安捷認眞回答。

我通常會毫無原則的看一些電影，只是因爲喜歡男主角的英俊而已，安捷常常會提醒我：「很可惜，你已經結婚了。」這次，我問到這位名不見經傳的爵士鋼琴手是否好看，安捷卻完全沒有「輕鬆一下」的表情。而且，他一陣風的又走了。難道，他這是送了一把鑰匙在我手裡嗎？心裡什麼地方被狠狠的觸動了。

我敲出句號，Save，關機，衝上樓去，把埋頭研究辭典的J拖了走。在唱片行馬上就看到了小說的男主角，他眼神裡的荒寒讓我心裡一片寧靜。J馬上看出我「神情有異」，他請唱片行的工作人員播放Cincotti的唱片。我坐進店堂裡的一把搖椅，讓那歌聲和琴聲帶我靜靜走在巴黎溼漉漉的石板路上。之後，《途經巴黎》的小說就在那新英格蘭爵士中像一陣陣急雨一樣落在了鍵盤上，嚴絲合縫，完美無缺，包裹住我的心情，緊隨著Cincotti的歌，踏進溫暖與平和。

「你怎麼想到要提醒我去找這張唱片？」在小說完稿的時候，我問安捷。

「我知道，知道你需要這張唱片。也許，用它來講一個故事？我不確定，但是我絕對知道，你需要它。」安捷停頓一下，嚴肅的說：「Magic，媽媽，只是Magic。那直覺是那麼強烈，沒有理由要對抗。」

順從直覺，那是安捷和我的共識。我們永遠會在對方最需要的那個時刻提供最有力最直接的支援。提供支援的一方常常並不知道自己的貢獻究竟有著怎麼樣的價值，但是我們都知道必須排除萬難去做某一件事，因爲什麼呢？因爲需要。

理性與感性、具象與抽象、嚴謹的邏輯與浪漫的情懷在很多的時候，先後抵達，我們傾向於聽取直覺的呼喚。就像今天早上，我出門去打球。出發之前，先跑到安捷的房間，看到他甜睡中的笑容，我就知道今天的成績一定會棒透了！果然，那一份徹底的安心讓我大大超前。回到家，安捷在桌上留了條子，「Mom，我敢擔保，你今天一定把對手打得落花流水！我們的情形有點糟，駭客打碎了大學的防火牆，弄到了同學們的個人資料，簡直是我們這些魔術腦袋的奇恥大辱。我們一定要收復失地，扳回這一城！教個成語吧，鐵定有用。」

我在紙條上寫：「道高一尺，魔高一丈！」一邊寫一邊覺得他在什麼地方已經穩操勝券了。

祝福。

韓秀二〇〇五年一月底

回信

三角褲還是四角褲

韓秀：

你上封信寫和安捷怎麼靈犀相通，我讀時當然想到我和友箏。我們不但不靈通，倒反而常搭錯線會錯意。由於友箏老「冥頑不靈」（他覺得我才是），我不免每隔一陣就來上一頓打通奇經八脈的「精神講話」，以爲至少有粉刷牆壁之功。其實他耳朵像心臟有個安全瓣，老媽開講立即關上。這正是他腦殼厚如銅牆鐵壁，我這「目光如炬」的老媽參它不透的時刻。

譬如我們最近的對話：

「你實在該學中文的。」

「嗯——」

「要不要，新年新計畫，我教你？保證不用注音，不乏味！」我列舉他該學中文的理由：「第一，你是半個中國人，中文也是你的文化；第二，學會中文，回台灣時你就不會像個呆子聽不懂，可以和表弟表妹玩得更好了；第三，中國文化古老又有活力，有很多好玩的東西，譬如你可以自己讀喜歡的《西遊記》，還可以讀我寫你的文章……」

理由足夠說動大軍，但少年友箏瀟灑回絕。

我不勉強他，自覺腹中有數（譬如「天下第一懶」之類），但不禁問：「爲什麼？」不久前我經友箏通融點撥，才覺悟原來是自己鈍。

那時高中開學不久，一天他放學回來，有點靦腆問我是不是可以替他買不同內褲。除了一次我給他女生上衣穿，害他在學校「丟臉」而向我抗議外，友箏從沒在衣服上特別挑剔。我一聽不禁大爲好奇，追問緣由，原來上體育課在更衣室換衣服時，別人笑他的白色緊身內褲：「呦，你穿的可是緊身白！」他立刻羞赧不堪，有如赤身露體。我聽到原來是這樣「小事」一樁，立刻天眞回應：「就這樣？給人家笑一下你就投降了？」然後發表一番反大眾的高見，強調個人必須有膽量與眾不同，尤其在號稱個人主義至上、人人追求表現自我的美國。

「媽，唉，你不知道！」友箏搖頭。「你不知道受人取笑是什麼樣！我寧可不要引人注意。」

終於，他的一句話穿透我的三吋腦殼，我有點恍然了：「這裡的學生文化不同。」我從來看不起群眾，成長期間在學校裡只恨自己太平凡，從沒面臨必須屈從同學的壓力。怎麼在這個人主義高懸的美國，學校裡的學生反而唯恐有人不一樣？拿這心態引申到社會，美國人基本上做的豈不是服眾的事，所謂的個人主義只是光鮮神話？我和友箏討論這現象，此外雖不太情願，乖乖給他買了寬鬆的四角褲。

友箏的內褲問題解決，但他那馴順心態一直困擾我。我暗地希望他能特立獨行，而不是一點打擊就慌忙投降的角色。既然我不是，他多少應該有點骨氣。但到目前爲止，至少在穿衣一項上，他顯然沒有「英雄」氣概。除了三角褲外，他也不肯穿燈心絨長褲，因爲：「學校裡沒人穿燈心絨，大家穿的不是牛仔褲、卡其褲就是運動褲。你穿了燈心絨，在走廊上就會有人笑你。」我還是主張反抗：「你穿什麼關別人什麼事？那你就笑回去好了！」他又搖頭：「除非你嘴巴夠厲害，我嘴巴沒那麼快。」我固然可以在家鼓吹他堅持自己：「難道你不願做個獨特的人嗎？」但面對同學的是他，而他寧可以同一消失在眾人之間，也不願成爲笑柄——這是他給我的醍醐灌頂。我總算對他的「困境」有所理解了，不然我們兩人好像隔山頭喊話，只見嘴動而不聞聲音。比起你和安捷的心意相通，你看是不是天壤之別？

然情況似乎在改進。今天他放學到家，高興喊：「媽，我知道詩作業的成績了，我拿了滿分！老師說我的詩寫得非常好，尤其是那首〈風箏〉，她要我抄了好寄給一家文學雜誌。」

我正折衣服，聽了笑得臉龐南瓜大，在他額頭親了一下。要知道，這對我們向來馬虎的友箏可大不尋常，算值得開上幾桌慶祝的「豐功偉績」。以前我們多少次三令五申，告訴他功課要用心，他總不當回事，大小工程一律草草了事，甚至怠懶到老師下通知來「告狀」。B和我私下傷腦筋：「這傢伙可夠混沌！」只好等他開竅。

不過，得「正名」一下。我想起來，其實友箏和我也常有所會心，就是我們運用想像化腐朽爲神奇的時候。而且近來他心智稍開，不再總愣頭愣腦，有時還會靈光乍洩。尤其當他可以寫生動有趣的詩、向我報告他的所見所思時，譬如告訴我在書店廁所牆上看到有人寫 Welcome to the Christian Republic of AmeriKKKa，我搖身一變而成了忠心聽眾。也許再過幾天我們便可以平起平坐無所不談，甚至靈犀相通了。我期待那天，但不要時間加速（不像友箏常但願已經長大）。我們現在這樣，時而相互冥頑如木頭對石頭，儘管惱人也有它的趣處。

祝長冬暖暖，日日愉快。

張讓

記得成長期間，父母給我很大自由。
我讀漫畫書、武俠小說和各種課外書，父母從不干涉。
我希望友箏也能快樂做自己喜歡的事……

——張讓

【第十八封信】

安捷從你的信裡首先感覺到責任，
他將來要設計出最有趣的電動玩具或者電腦遊戲。
何謂「有趣」？絕對不應該是「打打殺殺」的暴力遊戲……

——韓秀

太空在下雪嗎？

韓秀：

今年可眞多雪，從一月新英格蘭大風雪，傾下一呎多，到現在已經下過不知多少場了。我們才剛下過一場，又是六吋。你們呢？

所以今天，友箏高高興興放雪假在家，我們兩人又可以在書房，各對電腦「一起孤獨」。我不用說忙著造句，至於友箏？那就難說了。你知道網路便是汪洋大海，多少人一上網便衝浪去了，丟在裡面。當我置身電腦前，通常是我向它輸出多過它輸入我，線路眞正繁忙的是這個血肉人腦。換是友箏坐在電腦前……

譬如現在，他在我背後，我不確知他在電腦上做什麼。「你在做什麼？」我問。「我在唸《紐約時報》科學版。」過了兩個鐘頭，我起身到廚房喝水，回來看見他一樣坐在電腦前。「你還在唸《紐約時報》嗎？」一天下來，我會重複問他許多次，因爲他幾乎在電腦前生根了。有時他唸教科書，有時玩一下電腦遊戲，有時跑去看影評，有時花很多時間在網路通信上，寫些符號圖形多過文字的胡鬧信。「媽，我剛給你寄了封信。」我到信箱一看，一行吐舌頭的怪臉——至少不是整頁笑臉。「你還在寫信啊？」有時，我簡直覺得他花不可思議的長時間寫些廢話信。對這些問題，友箏有時不耐煩了，擺出惱怒臉色。他顯然忘記了，這時我便提醒他：「記得嗎？你以前……」

友箏一度沉迷電腦遊戲，學校功課也荒廢了，簡直面目全非。那時他玩到幾乎廢寢忘食，學校之外，所有時間都送進去了，我們怎樣勸說都沒效。但凡他一上電腦，槍擊聲便不斷。我無意中走過或近前探視，總見他持槍（各式各樣的輕重型槍枝）噠——噠——噠——射擊鬼怪或外星人。他心目中只有一件事：電腦遊戲，好似除了電腦裡面的數位世界，我們所處的眞實世界毫不重要。簡直可說，對他，虛擬世界才是眞的，現實世界退位，可有可無了。他玩電腦遊戲時，你和他說話他聽不見，聽見了也不理，不然就是惡形相向。因爲，基本上，你不是等同不存在，就是遊戲的障礙。

記得成長期間，父母給我很大自由。我讀漫畫書、武俠小說和各種課外書，父母從不干涉。我希望友箏也能快樂做自己喜歡的事，因此從小就盡量放任，不強迫學這學那。可惜這回他濫用了我們的開明和信任，最後逼得我們只好沒收電腦。果然他一離開電腦遊戲，很快便回復人形，說人話做人事，用心功課。幾個月後，我們把電腦還給了他。

我知道安捷是電腦遊戲高手，但也許不像友箏那樣走火入魔。我並不反對電腦遊戲，正如我和友箏一再聲明的：「大自然花樣百出，最瞧不起單調。」我反對的是專注一項活動而排除其他的那種執迷，以及友箏愛玩的那些熱門遊戲（如 Half Life、Doom、Star Craft 等）的極端血腥。是暴力迷人嗎？還是武器在手的那種權力感迷人？有的研究讚美電腦遊戲，聲稱訓練出比較靈敏的小孩。友箏以前也熱切以這來爭辯，現在口風有所保留了。或許，在某些方面電腦遊戲刺激思考，畢竟玩時必須用腦。也許當電腦遊戲更成熟了，能超越以暴力爲主，而發展出更人性更複雜更激發想像力的遊戲來。目前，打打殺殺的電腦遊戲心智程度畢竟太幼稚了。

危機過後，現在我們又回復了嘻笑打鬧。我和他下非洲石子棋一輸再輸，高聲哀嘆，他開心大笑，把我當呆子。他力氣大了，老喜歡攔腰把我抱起秤自己臂力。他和B在地上角力，讓B很費了一番力氣才贏。他們倆有個屬於男生的祕密，不肯讓我知道。

一晚，他要我別在他上床後關他房外走道上的燈，因爲還是會想到恐怖電影而害怕。另一晚，我問他爲什麼不肯拉上床頭的百葉簾，任冷氣透入。「因爲外面的光會在對牆打上好看的影子，而且可以看見窗外。」「眞的嗎？」我問，爲他這品味暗自驚喜。關上他的房門，果然，暗裡牆上一片屋外枝葉和百葉簾投射的陰影。是的，確實好看。因此他從不拉上百葉簾，我也不再多說。

「媽，你看見了嗎！」友箏讓我看他的電腦，螢光幕漆黑，繁星點點，他正雲遊宇宙。「看什麼啊？」「你並不眞正看得見。」原來他要我看一顆（對我們來說）背光的星球。「看！」他移動鼠標，那星球轉動，漸漸露出亮的一半來。

啊，子女帶來的喜怒和驚奇！電影《今天暫時停止》（Groundhog Day）裡主角有句話：「太空在下雪嗎？」我總覺那正是友箏不時會冒出的鮮話。

祝常保驚奇。

張讓

觀星者說

張讓：

前天安捷回家來了，我預備了馬鈴薯燉牛肉給他加餐。大學正在放春假，餐廳提供的飯食過於簡便。但是，那不是他急著回家的主要理由，他是回來取書的，我在台北PAGE ONE書店爲他買到了英文版的《鹿鼎記》，三巨冊。從越洋電話裡他已經知道寶物即將到手，我沒有託運，而是把這套書裝在行李箱裡硬生生扛到家。他狠下心等到完成了期中考試，這才飛奔回來。看到他臉上的幸福表情，我眞是對自己非常的滿意。

我把你的信講給他聽，他的兩隻手靜靜的放在書上，他仔細的聽，沒有放過一個字。然後，沉默著，字斟句酌的考慮了好一會兒，這才開口。

安捷從你的信裡首先感覺到責任，他將來要設計出最有趣的電動玩具或者電腦遊戲。何謂「有趣」？絕對不應該是「打打殺殺」的暴力遊戲。「人類社會的暴力傾向已經非常過分了，沒有理由再去縱容它。」未來的遊戲設計師這樣說。

「但是，在幼年時代已經接觸電腦，喜歡電動玩具的孩子，如果他們仍然保持閱讀習慣的話，到了大學裡，他們的進步通常會大大超前，他們思索的速度快、思考角度繁複多變化，常常讓教授們嘆爲觀止。當然，前提是，電腦遊戲高手同時也是勤奮的讀書人。不是在電腦上瀏覽網路，而是捧讀眞正的書本。」

安捷還告訴我，在大學裡，大約有四分之一到三分之一的學生，並沒有閱讀習慣。他們完成課業，只靠電腦，只靠零碎而沒有經過分析、查證、比較、整合的資訊來過日子。他們交出的報告過於淺薄。他們甚至失去了將一則資訊讀完的耐心，常常在錯誤中打轉而找不到方向。「教授們煞費苦心的將他們趕到博物館去，開書單給他們，要求他們坐在不設電腦的圖書館靜讀區，好好的親近書本。但是，似乎已經爲時太晚，離開了電腦，他們百無聊賴。」安捷細長的手指十二分寶愛的撫摸著《鹿鼎記》優雅的封面，憂心忡忡的告訴我。

我們正談得投契，J下樓來了，手裡夾著厚厚的卷帙。他首先勸安捷打消當天返校的計畫，「弄通稅法」，塡妥報稅單，絕不是一件簡單的事情。安捷在二〇〇四年課餘打工賺的錢，其數量已經到了必須報稅的程度，J買了「報稅軟體」，用功良久，將我們的稅表塡好，也把安捷的稅表用鉛筆塡了一份，按他的想法，安捷需要耐心通讀細則，然後依樣畫葫蘆，在正式表格上「抄下」這些莫名其妙的數字，無論如何，半個下午是辦不到的，今天晚上，安捷必得留在家裡……

安捷並沒有反駁，當著我們的面，打開厚厚的報稅細則，一目十行的看下去，除了偶爾推推眼鏡的小動作以外，他幾乎是紋絲不動。J有點著急，想提醒什麼，我悄悄止住他，要他看「另一種閱讀方式」。半個鐘頭之後，安捷闔上細則，把老爸千辛萬苦塡妥的表格草稿放在手邊，拿起一枝圓珠筆就準備塡寫正式表格了。J再也按捺不住，著急問道：「你都明白了？」安捷笑道：「我只看跟自己有關係的部分。」然後，就自顧自的逐行寫將下去，只不過偶爾瞄一眼旁邊的草稿，兩相核實而已。我們正看得目瞪口呆，安捷抬起頭來很客氣的發問：「對不起，這裡可能出現了一個小小的筆誤，這個數字應該是9，而不是0。」J馬上拖過來看，心算了一下，加一加又減一減，這才取了橡皮擦來改自己的草稿。待安捷在表格上簽了字，連同要交納的美金支票一起裝入信封，我嘆了一口氣說：「剛開始賺錢，就得把十分之一的收入交給山姆大叔。」安捷笑笑：「準確的說，是收入的百分之十一點六應該交給聯邦政府。還有州稅吧？」

J措不及防。安捷依然氣定神閒，再讀州稅細則，計算，塡表，開支票，一應自行辦理。「唸州立大學，得到州政府太多幫助，繳稅絕對應該。」他把一切都弄妥之後這樣表示。時間還早，他把《鹿鼎記》捧在手上，準備回學校了。J沉默不語，他多年來「不找會計師，自行報稅」的得意，已經在這一個下午被安捷掃蕩乾淨。安捷抱抱老爸，很誠懇的跟他說：「這不是您的錯，您小時候沒有電動玩具可以玩。」

在返校途中，我問安捷：「同學都回家度假了，你爲什麼非得回學校不可呢？」他若有所思的瞧瞧車窗外的滿天星斗，「你知道，宿舍大樓有巨大的會客室，通天徹地的玻璃窗佔了整個大樓的一角。」我當然記得，還曾經感慨過這麼理想的花房竟然沒有善加利用。「現在，我常常在那裡讀書，晚上，尤其喜歡在那裡看星空，那樣高遠、深邃的想像空間讓我成長。」他再一次謝謝我買這麼有趣的書給他，然後大步走向宿舍樓。

我走出車外，看到大樓角上燈光燦爛的一長條垂直空間，看到安捷高大的身影出現在五樓，看到五樓燈光熄滅。觀星者已經喜歡上了獨處的時段、塵世以外的靜謐。我開車回家，一路上，春風拂面，聞得到植被復甦的香味了呢！

祝福復活節。

韓秀二〇〇五年三月二十日

友箏三、四歲圈圈塗鴉。

從小我教育他有個堅持：不屈從風氣，強迫他學東學西。
因此當許多父母辛勤開車接送孩子上五花八門的課程，
友箏在家自由自在遊戲。
有時我懷疑自己是不是做對了……

——張讓

我們從來不期待他變成箇中高手或是世界冠軍，
所以這一切也都只是他的興趣與愛好，
毫無壓力可言。

——韓秀

安捷打球去

寫信

夢中小孩

韓秀：

近來好嗎？前院的番紅花終於開了，B吃了幾朵。不過，陽光還是太少。

這信得從一場夢談起。我已不再像以前那麼多夢，而那天醒來，爲夢中景象驚異不已。

夢裡我在家裡床上睡覺，醒來發現我和B間有個嬰兒，是我們的第二個孩子。我大爲詫異，B在看書毫無所覺。我正想告訴他，再看嬰兒卻不見了。我下床走出臥房，踱到客廳。雖然是「家」，屋裡卻很陌生，四壁白牆，但隔間和窗戶都掛了橘紅、絳紅、寶藍的簾子，透光微亮飄動。我的眼光爲那些簾布的色澤吸引，四下瀏覽。忽然在客廳正中，就在我面前，站了一個男孩。大約八、九歲，潔淨發亮的白色長袖T恤，藍色牛仔褲，理著清爽的小平頭，像友箏，劍眉，略圓的臉，五官整個都像友箏，只稍稍不同。他站在那裡盯著我看，好像等我相認。我忽然知道了，心裡湧起一股強大柔情：「這小孩就是從床上消失的嬰兒，他長大了！」這時我急切要找到友箏，不知他在哪裡。我要他趕快來，趁這短暫機會看看他弟弟，我要告訴他：「看，你弟弟長得這個樣子！」然後我要告訴那小孩：「現在你得變回嬰兒，然後慢慢長大。」我去找友箏，回來時小孩不見了。不久我就醒了。

怎麼會有這樣的夢？我可以解釋那些豔麗的簾子，也許因前夜看了一部老片影碟，維斯康提改編自蘭帕度薩的小說《豹子》，裡面西西里貴族豪宅裝飾富麗到超乎視覺負荷，夢裡我借用了一點色彩來玩。但那小孩，那友箏沒有的弟弟，他從哪裡來？我從沒生第二個孩子的念頭。後來我把夢說給B和友箏聽。無論如何，夢中的感覺十分甜美。

其實，友箏一直想要兄弟姐妹，越多越好。從小他就幾度三番要求我再生，讓我總是萬分歉疚。不久前當他又重提這問題時，我才和他具體解釋。首先，有他是我考慮許久的結果，否則我並不想要小孩。其次，生養小孩是極耗心神體力的事，我沒法在應付寫作和他之外再為更多小孩分心。友箏現在高中了，比較懂事，我想他多少能理解。是的，他有點懂，能夠體諒。

當然，我還是覺得抱歉。沒有玩伴，儘管他從小就很能自得其樂，但總有些寂寞。每當他的好友伊文來玩，兩人大聲笑鬧甚至全屋奔跑，讓我微笑之餘又不禁感慨。我有一群兄弟姐妹，小時一起下棋、玩大富翁、打撲克牌，先搶讀童書後搶武俠小說，那熱鬧友箏沒分。其實他有眾多堂表親，可惜分散太平洋兩岸。幾年前搬來了一家鄰居，夫妻倆努力生產，從兩口變成了五口。那大兒子達科答差友箏近十歲，可是極愛和友箏玩，有時來按鈴找，經常是在他窗下呼喚：「友箏！友箏！要不要出來玩？」沒功課友箏就立刻應召而去，有功課就隔窗答：「等我功課做完。」過不了幾分鐘達科答又來呼喚：「友箏！友箏！做完了沒有？快點！」不久前鄰居搬走，讓友箏十分不捨——達科答正是他盼望不得的弟弟。

我們剛好都只有獨子，對這不知安捷感覺如何。其實，獨生子女是現代普遍現象。我好幾個朋友也都只有一個孩子，不過是女兒。通常的說法是獨生子女容易慣壞，但新近的美國研究結果剛好相反，不過有個重要前提：現代美國女性晚婚又晚生子，心理比較成熟，對教養小孩也花費比較多心力。盛傳大陸一子政策下養出來許多小皇帝，不知有幾分可信。看看友箏，雖然有時桀驁有時遲鈍，還算可教。從小我教育他有個堅持：不屈從風氣，強迫他學東學西。因此當許多母親辛勤開車接送孩子上五花八門的課程，友箏在家自由自在遊戲。有時我懷疑自己是不是做對了。不久前茱蒂思・華納的《完美瘋狂：焦慮時代的母親職責》出版，大嘆美式媽媽苦經。這書根據一百五十名中上流婦女的採訪，印證華納自身經驗，提出：在美國當媽媽是件讓人窒息發瘋的事。我從旁觀察，覺得在美國當母親和美國任何活動一樣，本質上成了高度競爭的企業，這種追求在各方面領先的焦慮，使得做母親的身心交瘁（且不提孩子的負擔了）。當然這是個大問題，沒人確知癥結在哪裡（華納怪罪政府）和如何解決。我同情這些母親，也反躬自省：我不像她們那麼瘋狂，是不是因爲我做錯了？

今天全球化的生存競爭空前激烈，我確實不時擔心友箏未來。你大概不至於太擔心安捷吧？

祝無憂無慮。

張讓

回信

無夢人生

張讓：

你好。

去年秋天種下的球根，現在已經是繁花似錦。朋友自遠方來都覺得置身花園裡，情緒大好。J處於半退休狀態，每週有五天可以從容聽鳥語聞花香，對上班族充滿了同情。每聽父親感慨萬千，安捷總是頗現實的表示，如果不是媽媽這麼勤快，哪裡會有這麼美的景致。話是不錯，只不過滿殺風景的。一笑。

安捷的「現實」也表現在無夢上。我們母子都是不做夢的人。記得有人對我這「無夢」非常訝異，常問道：「沒有夢，你寫什麼呢？」「寫人生啊。」我曾淡然回答。其實，無夢的狀態是人力造成的。我上高中以前是「有夢族」，進入高中，住校，八個女孩子睡在四張上下舖，翻身、咬牙、說夢話都互相聽得清清楚楚。入校只一個月，同宿舍的一張柿餅臉就揭發睡上舖的女孩在夢話中呼了「反動口號」。那女孩被整得慘兮兮，成了「過街老鼠」。一天深夜，我被冷風吹醒，發現窗戶開著，竟是那被整的女孩推開窗戶，直接從上舖跳了出去。我們的寢室在五樓，樓下是堅硬的水泥路面。從此，我變成無夢的人，睡下去就像一塊石頭，無聲無息；而且警醒得很，稍有動靜，馬上有所戒備。那一年，我十五歲。安捷想必是得了我的遺傳，或清醒，或睡得深沉，完全無夢。所以，在安捷和我的語彙裡，沒有「我夢見」這樣一個說法，只有「我想」「我覺得」之類。

他倒是也問過：「我可不可以有一個小弟弟？」「爲什麼只要小弟弟，而不想有小妹妹呢？」我反問。「有了小妹妹，家裡就會有很多粉紅色。我不太喜歡粉紅色。」他認眞回答。我完全不考慮自己已經四十三歲了，馬上一口答應：「沒問題，我來想辦法，給你一個小弟弟。」反倒是安捷猶豫了一下之後，認眞再問：「如果有了小弟弟，他是不是一定得和我共用一個房間呢？」我很誠實的回答他：「在美國，你一定有自己的房間。在國外，我估計，你和小弟弟大約是住在同一個房間裡。」他微微皺起眉頭：「那麼，小弟弟還是不要來好了。」那時候，他三歲。那也是唯一的一次，我們討論這個重要的問題。一九九六年夏天，我們抵達希臘，大使館租下的房子寬敞、美麗。安捷走進他的房間，看到裡面有兩張單人床，深深的舒了一口氣。我們把他的玩具熊之類的「好朋友」一一擺放到另一張床上的時候，他竟然心懷感激的表示：「如果，我有小弟弟，他大概必須睡這一張床，我的朋友們得另外找地方。而且，我也就沒有安靜的日子可以過了。」整整七年我們從來沒有討論的題目，他卻常常在心裡盤算呢。我不由得警惕起來，對於孩子的心頭所想，我們眞是所知有限！

安捷高中畢業前夕，J就非常清楚的告訴兒子，大學無論遠近都以「住校」爲好，否則將失去最爲可貴的大學生活經驗。看J的「知心好友」全是他的大學同學，便知道「此言非虛」。當時，安捷並沒有特別神往，只是搬進了「新鮮人」宿舍，與一位漁民家庭出身，立志成爲哲學家的同齡人成爲室友。

那孩子的母親我是見過的，基本上屬於那種將孩子養到十八歲，就完全放手讓他們獨立生活的家長。安捷馬上就知道了自己的母親與室友母親的根本不同。他很感慨的告訴我：「除了醫療保險以外，卡文必須自己賺錢買一切東西，包括從他母親手上買那一部搖搖欲墜的破車。卡文的日子過得不容易。」所以，安捷從他頭一年的大學經驗裡，已經親眼目睹了比較眞實的人生，而對自己日後的完全自食其力有了相當清醒的準備。

大二，安捷搬進新宿舍，室友有三位，共同使用廚房、餐廳與客廳，每一位年輕人又都擁有各自的臥室，於是，他又可以鬧中取靜，享有他的獨立空間了。

你在信中所提到的「高度競爭」，我完全沒有切身經驗。我從來沒有建議安捷去學某一種樂器，對長號的喜愛完全是他自己的選擇。至於柔道、網球、滑雪、飛盤之類的運動項目也是他自己喜歡的，我們從來不期待他變成箇中高手或是世界冠軍，所以這一切也都只是他的興趣與愛好，毫無壓力可言。至於別人家的孩子被父母連哄帶逼的去學各種各樣的科目，常常鬧到雞飛狗跳，多半是父母希望自己的孩子出類拔萃，我覺得根本是沒事找事。

很高興，你和我的想法頗接近。而且，我想，我們實在是很對的。我對安捷與友箏的將來，也有足夠的信心。他們一定會很好的，因爲首先，他們是心智健全、善於獨立思考的年輕人。不是嗎？

祝福一切。

韓秀
二〇〇五年四月十一日

時間分明流去，而孩子似乎在不知不覺間長大，
從嬌聲呼喊「爹地媽咪」，變成了公式公辦語風不帶感情的「爸媽」。
……我可以想像過不了幾天，
他就兵荒馬亂申請大學，然後忽然間就離家去上大學了。

——張讓

【第二十封信】

娃娃臉一天不刮鬍子，竟然毛茸茸的了。
我呆呆看著，這麼快，他已經是一個責任心很重的年輕男人了。
做母親的要調適心情、站穩腳步，可不那麼容易了。
上大學還是不是真的「離家」，待他的生活中出現了另一個人，
局面才會徹底改觀……

——韓秀

當我長大了……

韓秀：

春天，陽光大亮，又暖！前院朵朵紫、白和金黃的番紅花，後院林邊一片黃色低頭自戀的水仙。不斷有鳥聲，聽得見灰鴿咕咕，知更鳥、藍翎、紅衣主教在枝椏間飛來飛去。過膩了冬天，這時我高興得全身每條神經都「欣欣向榮」，大概可以拿天氣呀呀聒噪半天。

就不再說天氣了，且說「正話」。你知道我不時幹些呆事，給家裡兩男生取笑我的機會，譬如心不在焉倒車出車庫，車出一半就按遙控關車庫門，等那門隆隆下降才幡然「驚醒」。那天，還在冬尾上，我下午早早收了書房的工去做晚餐，B臨時讓工作卡住脫不了身，於是我和友箏吃了晚餐就到學校去參加講習。進了學校隨即掉頭就出來了，原來活動在第二天晚上。我忍不住搖頭告訴友箏：「你可以在《媽媽蠢事簿》裡再記上一筆了。」那簿上已有不少紀錄，因我不時就有「新作」。

第二天風雪，講習會取消，再隔晚我們三人又來到這禮堂，乖乖坐在一群家長間。這講習會由一個「非營利」團體舉辦，目的在輔導學生和家長申請大學，並讓家長理解如何負擔學費——後來我們才知其實是開創生意的手段。

友箏坐在我旁邊，不時就探頭問我時間。會前幾週我就告訴過他這講習會的事，臨要去開會了他卻還冒出：「我們到底參加這會幹麼？」好像事不關己。老實說，我也寧願像他那樣，不聞不問相信明天太陽會從東邊出來、冬天過了春天到、一切都不須我操心便能運轉自如，而不必汲汲營營在這裡預作策劃安排。想想自己走過的那段聯考生涯，只要埋頭唸書考試，生活便是一條直線什麼都不用想，真是單純到可憐。唯獨現在看來，那無可選擇正像懶人的幸福，簡直令人懷念——只因家裡有個不知天高地厚的愣小子。

論呆，論愣，論後知後覺到不知不覺，我絕對比友箏「強」。因此，現在他儘管在電腦世界裡掃射怪物不知未來何物，不過是反映我當年的混沌——將前途留給了我勞瘁的母親去操心。不同的是，唉，咱這笨人也做了傻母親，主客易位，不能聽天由命裝瀟灑了。

許多年來，我常好奇友箏的未來。他除了愛玩電腦遊戲，似乎一無所長，也一無關心。他有次說：「收垃圾賺的錢並不像你想像的那麼少。」我一驚張口飛出：「那你是打算長大去收垃圾了？」我問過他：「你喜歡精確，還是自由想像？」以及：「想不想學天文物理或建築？」「將來想設計電腦遊戲嗎？」等問題。轉而想到：「若是我申請大學呢？」或換個形式：「當我長大了……」之類的疑問來。認眞想過後，發現可能性太多讓人頭暈，可以結實想上半天。如果我還沒長大，仍打不定主意，何況友箏！

安捷已經過了那「面對選擇」的一關，我談的這些問題，你早已面對過。你也曾爲他的未來這樣憂心忡忡嗎？我知道有督促嚴格、步步爲營的父母。

時間分明流去，而孩子似乎在不知不覺間長大，從嬌聲呼喊「爹地媽咪」，變成了公事公辦語風不帶感情的「爸媽」。幾天前友箏才想起自己「小時」一事，特地來告訴我：「我以前睡覺時腿都彎著，不敢伸直，你知道是爲什麼嗎？」我輕易可以猜出：「妖怪？」他興奮說：「耶，我忘了它叫什麼，是個長了牙齒的眼睛，我怕它會把我的腿吃掉。」現在他當然腿敢伸直了，可是許多方面還是個小孩，譬如幫忙收餐桌，他會一次只拿走一只碗或盤，逼得我提醒他：「你不是有兩隻手嗎？」然而，看來又像半大人，談話的內容也不一樣了。我可以想像過不了幾天，他就兵荒馬亂申請大學，然後忽然間就離家去上大學了。

在和友箏談前途時，我們盡量避免勢利，教孩子只圖賺錢。義務所在，卻又必須告訴他，一無所長或廉價勞工的生活非常辛苦，尤其在這個全球競爭的時代。做喜歡的事，並得到相當報酬，才比較可能過滿意的生活。因此「指引迷津」告訴他：「生物學，尤其是分子生物學，是最有前途的。因為人人都想健康長命。」不然：「學建築，這樣你可以設計天下最有趣的學校。」但這些只是建議，最重要的是，他到底是長是短是方是圓是尖是鈍，自己得先搞清楚。

昨天他隨便翻一本研究睡眠的書，興沖沖告訴我：「媽，你知道時間不是一支箭頭，而是無數支箭頭各以各的速度行進嗎？」我說那是主觀時間，他說那是相對時間，然後提出愛因斯坦駕光束旅行的例子。我們各說各話的「討論」了一下，我喜歡他那滿天空時間箭頭飛行的景象。這樣多好，誰要操心未來呢！

祝種花看花愉快。

張讓

回信

年輕的男人

張讓：

你好。

今年的春天特別長，想必是因爲氣溫沒有迅速升高的緣故。杜鵑此起彼落紅紅白白開個不了，房前屋後的色彩天天有變，成了有趣的景致。倒是鳶尾花，今年長得特別挺拔，巨大的花朵離地二呎有餘。昨天一場大風雨，今天早上出門一看，竟然東倒西歪，一副受了災的模樣。於是，一根根用細竹撐起。這花也是極有性格的，倒下去竟是直挺挺的，寧折不彎！扶起來，細竹深深插地一綁，竟然又抖擻起精神，亭亭而立了。

正忙著，卻見安捷和他的朋友也拿著細竹、細繩，在另一頭，一個扶，一個綁。兩個年輕的男人神情專注、輕手輕腳，在花叢中竟成了極不尋常的風景。懂得憐香惜玉了呢！我心頭別地一跳。

安捷是五月十八日從大學搬回家的，大二這一年各科成績優異，心情舒暢，下週就要去暑期打工的公司上班，週末約了同是電腦高手的朋友一起去參加一個電腦遊戲大賽，沒想到，兩人並不急著上路，卻在這裡「搶救」花兒！

待他們活兒忙完，風馳電掣趕往賽場，我才坐下來細看你的信。

安捷一上高中，就告訴我們將來要獻身電腦科學。和J一樣，他們父子兩人都沒有「兵荒馬亂」的申請大學。當初，J告訴他的父母，他將來要做外交官，兩老根本沒有當一回事，以爲他只是隨便說說而已。哪裡想到，高中畢業，他說他「已經」向約翰·霍普金斯大學提出了申請，兩老大吃一驚，這孩子竟是玩眞的！他們結結巴巴的表示，家中四個孩子，J是老大，他們如何能夠負擔私立大學的高昂學費？又是大吃一驚，J竟然告訴他們，他「一定」能夠拿到全額獎學金！果眞被他拿到了，不但學費、住宿全包，還有零用錢！大學畢業，進入研究所，從巴爾的摩到了華府，眞的是離美國國務院更近了！兩老繼續張口結舌看著他們的兒子用獎學金唸完研究所、同年考進外交行列，同年外放非洲薩伊，成爲二十三歲的外交官。兩老趕緊查地圖，好瞧瞧那國家到底在哪裡。哪兒有什麼「督促嚴格，步步爲營」啊？他們只是盡量「跟上」而已。

安捷還沒有上高中，就打定主意主修電腦，大約是他十二歲那年夏天在夏令營裡作出的決定。我們只是感覺著，安捷有豐富的想像力，這是「設計電腦遊戲的基本素質」。僅此而已吧。其實，最要緊的，他一直熱愛書本，每天在電腦和遊戲機上花費的時間很有限。這個情形多多少少「迷惑」了我們，讓我們曾經以爲他也許還會作出別的選擇。基本上，J自身的經驗表明，父母在孩子選擇志向的時候，不一定多麼有幫助，所以也就自信滿滿的隨安捷去自由發展。

高中時期，邏輯學、數學、歷史、美術，都是安捷特別下功夫自己找了書去唸的，現在，當然在他的課業裡大放異彩。我想，我對他最有幫助的部分大約是在文學和藝術品鑑賞方面，也都是自然而然的，並沒有刻意去安排。只是最近，安捷訂購了我們完全不明所以的一些設備，組裝了新的電腦。他得意的時候會叫我，「有趣的一段，要不要看一看？」然後把我按坐在他的椅子上，「放」給我看。電影似的一個個極其複雜的畫面，人物眾多，建築與器具都「奇怪」得不得了，布局卻又甚爲「合理」，隱隱然中國良渚文化期特有的神人獸面圖形竟然成爲背景。這才猛醒，古代玉器和現代科技之間會出現微妙至極的互相依存。在這裡，精確與自由想像也配合得相當默契。

大學生活特別培養了他的團隊精神和榮譽感，這種精神更不是在家裡可以學到的。今年八月他會比別的學生提前一週返回大學，將成爲大學電腦維護部隊的一個成員，他們將建立最複雜、最難攻克的保護系統，不讓任何駭客有機可乘。學校付薪水給他們，成爲另外一種「獎學金」。「又學習，又賺錢，有點不好意思呢！」娃娃臉一天不刮鬍子，竟然毛茸茸的了。我呆呆看著，這麼快，他已經是一個責任心很重的年輕男人了。做母親的要調適心情、站穩腳步，可不那麼容易了。上大學還不是眞的「離家」，待他的生活中出現了另外一個人，局面才會徹底改觀。

好好珍惜「滿天空時間箭頭飛行」的好日子。這種日子眞是轉瞬即逝，眨眼間就消失得蹤影不見啦！

祝福天天是好日。

韓秀二〇〇五年五月二十日

安捷的繪畫〈魚的世界〉
（小學二年級的作品）

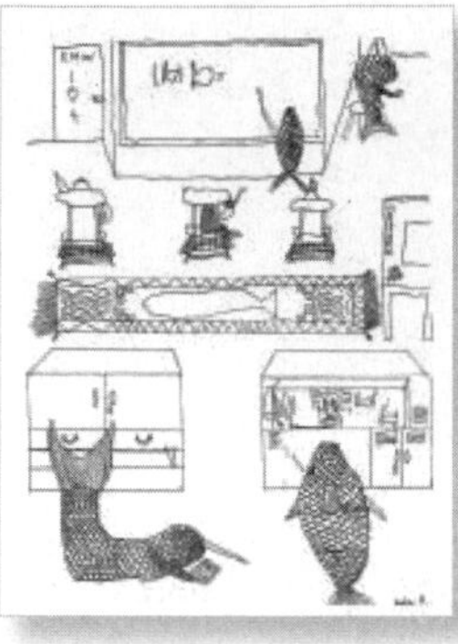

「你最喜歡的科目是什麼？」安捷的回答是「Writing」！
不是畫圖不是遊戲，而是書寫！
我在想，2016年的小學生看到這個回答將是多麼驚異……

——韓秀

每一事件都那樣讓我充滿驚奇，
我在面對上不免覺得有點做學問或是做實驗的味道。

——張讓

友箏的兒童哲學

時間艙解密

張讓：

你好。

完全是因爲換地毯，被藏在樓上隱密之處的寶貝盒子才被搬到了陽光底下。除了安捷的第一綹柔髮、幾粒碎米般的小牙之類做媽媽的心愛之物以外，也發現了一些學校留給家長的紀念品。

一九九一年四月二日，費爾高地小學爲了迎接建校二十五週年，舉辦一個題爲「時間艙」的問卷活動，這些問卷收上來了之後，將仔細封存，等到二〇一六年，也就是又一個二十五年之後，再打開艙門，讓那時候的小學生看看，他們的「前輩們」在四分之一個世紀之前的「最愛」，以及「前輩們」的心頭所想。

那時候，安捷五週歲，還在幼稚園裡，他自己完成了這份問卷，學校留給我們的是一份副本。現在，我在這裡，滿心好奇的瞧著這份問卷。

年齡、年級以及名字之後的第一個問題是：「你最喜歡的科目是什麼？」安捷的回答是「Writing」！不是畫圖不是遊戲，而是書寫！我在想，二〇一六年的小學生看到這個回答將是多麼驚異；別說十一年以後的事情，現今的孩子們認真寫字而不是在電腦上敲來敲去已經十分難得了呢。

最喜歡的書？*Long PoPo*，真抱歉，這本書我竟然沒有印象。安捷正在讀柏拉圖，我問他，什麼是*Long PoPo*，他笑說是學校裡的一本書，幼稚園老師帶給他們看的書裡最漂亮的一本，到了一九九五年，從高雄返回美東，回到費爾高地小學唸四年級，在學校圖書館裡還看到這本可愛的小書，所以依稀還記得這個「有關一座橋」的故事。

最喜歡的食物是餅乾。學校以外，最喜歡做的事情是「在家裡玩」！讓我大覺欣慰。

最喜歡的電視節目？「Eureka's Castle」。對城堡的喜愛倒是持續至今，在希臘三年，安捷喜歡參觀各種城堡遺跡，在他的電腦遊戲設計裡自然是推陳出新，那些城堡之複雜、堅固、實用、易守難攻常讓我看得目瞪口呆。

最喜歡的電影，當然是《忍者龜》。九〇年代初期，《忍者龜》曾經是那樣的受到孩子們的喜愛。東方的倫理也曾經那樣強烈的感動過這些西方的孩子們。

五歲的孩子畢竟還是非常柔弱而敏感的，在被問到「什麼事情讓你快樂？」安捷回答：「Playing with my stuffed duck.」。這隻叫做「QUAKIE」的鴨子是他兩歲的時候，我買給他的生日禮物。十多年來一直跟他在一起。上大學了，沒有帶到宿舍去，留在了家裡。清理舊物丟出去的東西實在不少，這隻扁扁的鴨子卻寶貝得不得了，絕對留了下來，在臥室裡佔著極其醒目的位置。這鴨子身上滿是安捷的味兒。我常在想，多少年來，它恐怕比我們更了解安捷內心的感受。如果會說話，它講出來的故事一定非常驚人。

比方說，這下一個問題就頗出乎我的意料之外。對於QUAKIE來說，很可能是理所當然的。問題是：「在今後二十五年裡，你要做什麼？」回答竟是「古生物學家」！沒有想到當初那滿坑滿谷的恐龍骨骼以及用零用錢買來「珍貴無比」的動物化石不只是一時的興趣，還包藏著孩子的遠大理想。竟然是人文學科！安捷畢竟曾經對人文學科懷抱過嚮往。

最後一個問題是：「你要告訴二〇一六年的孩子們什麼？」安捷的回答是「節約用水」。

「We should not waste water.」五歲的安捷覺得這是最要緊的一句話，二十五年以後的人一定要記得！

我問安捷：「你現在還是覺得這句話非常要緊嗎？」安捷把一個空的汽水罐放進水池，用水沖一沖，丟進環保箱。收取回收物資的卡車會逐家逐戶將這些汽水罐連同報紙、塑膠製品一起收走回爐再造。「在美國，很多人都會這樣用水沖一沖再丟，爲的是免得罐中的糖分引來了蟲子。可是，這水卻是可以喝的淨水，在沙漠裡，這一點淨水足夠救活一個瀕臨渴死的人。在我們生活的星球上，並沒有太多可浪費的淨水。也就是說，我們的生活方式裡面有許多不合理的成分需要我們去改變。我想，五歲的時候，沒有能力想到這些，也說不清楚。但是，已經有危機意識了。大約如此。」安捷笑笑。

這一點我倒是一直有感覺的。安捷很少一個人開車出去，他要出去辦事，常常會問我想不想去哪裡？我們一起出門，他把我留在超市、書店、圖書館，辦完了自己的事情再回來接我。想來，他覺得這樣的生活方式比較可取，石油畢竟是珍貴的、日漸稀少的資源。

你家怎樣？友箏的想法如何？

祝福。

韓秀二〇〇五年六月十七日

回信

童年博物館

韓秀：

又好一陣沒聯絡了。早上在密集的鳥叫聲中醒來，空氣寒涼，有初秋的味道。到書房打開電腦便看到你的信，把我帶回了過去，當友箏還是個小小孩時。

友箏小學時代也做過時間艙，盒裡放上一張照片、一張記了他喜歡什麼的單子和一條與他身高等長的細繩等物，埋在了學校旁的地裡。比安捷做的簡單，至少友箏記得的大約如此。

經常覺得我們家便是個生活博物館。值錢東西沒有，除了一架又一架的書，和從友箏小時到現在我們撿來珍藏的許多「破爛」，像石頭、化石、樹皮、樹枝、蜂窩等。此外最寶貝的，是友箏的「童年博物館」，散布家中各處，當然，「總部」在他房間，而「館長」是我。

家裡各處的相片不說，譬如，有個徽章大小的金屬盒，裡面是幾顆友箏換下來的稚齒；我在檔案夾裡存了一疊友箏從小的畫，包括那些圈圈套圈圈除他沒人看得懂的塗鴉——當然，現在他自己也看不懂了；友箏從幼稚園開始寫的一些圖畫爲主的零星日記；還有，白牆上友箏小時的塗鴉仍在；以及幾本我們合作的圖畫書。

其實，我並未蓄意在友箏成長過程中一路蒐集時間膠囊以建立「童年博物館」。但既然當年「製造」友箏是那樣想了再想才付諸實行，到他哇哇迸出到會說話走路，每一事件都那樣讓我充滿驚奇，我在面對上不免覺得有點做學問或是做實驗的味道。不，應當說更像扮家家酒，雖然全力以赴，但肅然中還有很大的遊戲成分。也許你也有同感，孩子小時將我們也變成了小孩；至少，他重新將神奇帶回我們已經逐漸老朽庸俗的世界裡來。我留存的，是那神奇感。

幾年前暑假，我讓友箏寫本小書，題材格式完全自訂，可以圖文齊來，除了兩個條件：一，至少要有十章；二，每章至少要一頁。友箏拖拉一陣才草草成書，果然就是十章，而且每章（幾乎）不多不少，恰恰一頁（包括譬如半頁空白），說了一些鮮話。

現在重翻《小孩的哲學》，還是覺得有趣。自然，我給了他一些題材的點子，也和他討論過內容，不過最後的想法和文字都是友箏自己的。第一章（半頁）寫〈學校〉：

「小孩子不喜歡學校，因爲學校讓他們覺得自己知道得不夠多。我們有許多自己想做的事，才不要坐在教室裡聽老師囉哩叭嗦不停。我們甚至不知道到底老師教我們的對不對。他們連博士學位都沒有。我相信大人很高興他們不必上學了。在學校裡我們甚至不能學我們想知道的東西。」本來我只想引第一句的，但一路唸下去覺得簡直每句都是「至理名言」，便整章（幸好短）抄下來了。

第二章是〈功課〉，第三章題目最大：〈爲什麼人類工作太多而遊戲太少？〉他曾問過我這問題，於是我簡短和他解釋爲了維生，人類從採集、漁獵到畜牧、農耕的工作演化史，到十八世紀工業革命後，機器讓時間加速，人爲追求更高效率因而工作越來越辛勤。友箏演繹成：「科技讓人做事越來越快。因此人更想要在更短時間裡做更多事情。既然小孩子什麼都不必操心，我們只管玩。而大人什麼事都要操心，所以做個不休。討厭！現在知道我們小孩子未來有什麼可期望的了！」第五章談電腦遊戲，第六章介紹他最喜歡的《凱文和霍布斯》漫畫集，第八章談〈學校的顏色〉，批評學校裡總是一色白，像「地球上最無趣的地方」。其他幾章是圖，包括一組《凱文和霍布斯》的漫畫，裡面凱文把他的學校炸成了一個大坑。

《小孩的哲學》就創意和作工其實並不出色，價值在表現了友箏當時心態。他強烈的反學校、反體制教育、反工作、反無聊，讓我想要寫本《大人哲學》呼應。譬如，我的第一章〈學校〉會這樣開始：「無知是件美妙的事，讓學習充滿了趣味。」友箏不滿學校讓他覺得無知，我十分驚訝。分明無知而又不自認無知，這是友箏——他總覺自己知道很多了。而且他認爲人生最重要課題是逃避無聊、追求樂趣。想歸想，《大人哲學》目前還無影蹤。

昨天友箏放學回來，自己到廚房熱前夜剩的義大利麵，然後邊吃邊重讀第一千零一次的《凱文和霍布斯》漫畫集。看到高興處喚我過去：「媽，看看這。」漫畫裡凱文看書看到一半忽然飄上去了，原來爸媽忘了交重力費。和安捷的成熟深思相比，友箏還在騰雲駕霧。他離讀柏拉圖和《神曲》，還有一段時間。

張讓

祝夏日愉快。

第二十二封信

無論如何，孩子們長大了。
雖然是在我們面前公然進行的，
但我仍難免覺得他們是不知不覺就長大了。
好像昨天才學會說話走路，今天就可以頂天立地……

——張讓

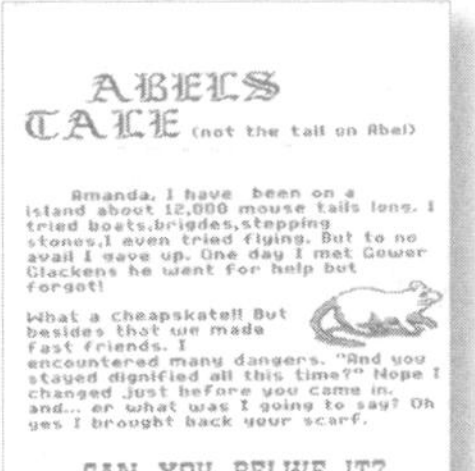

ABELS
TALE (not the tail on Abel)

Amanda, I have been on a island about 12,000 mouse tails long. I tried boats,brigdes,stepping stones,I even tried flying. But to no avail I gave up. One day I met Gower Glackens he went for help but forgot!

What a cheapskate!! But besides that we made fast friends. I encountered many dangers. "And you stayed dignified all this time?" Nope I changed just before you came in. and... er what was I going to say? Oh yes I brought back your scarf.

CAN YOU BELIWE IT?

ANDREW BUCZACKI G4

安捷小學四年級的作品。

安捷極有耐心，甚至很有了一點「寓教於樂」的味道，讓我相當驚訝。
滿頭金髮的美麗小堂妹對「大哥哥」仰慕不已，
堅決表示要搬到我家來與安捷朝夕相處……

——韓秀

寫信

放暑假了！

韓秀：

這次我們總算見面了，雖然不免匆忙。見到安捷和友箏一起，眞是有趣。安捷似乎又長高了，看他時我得仰望，好似他站在台階上。聽安捷說話，那徐緩和條理，完全不像一般張嘴如放槍的青少年。話說那麼快，總讓我疑心說話人心虛，怕人聽出自己其實膚淺空洞，不然是眞的心思快捷，舌頭不得不盡力追趕。從容不迫的氣質，現代少見了。現代文化基本上急躁，年輕人更急得厲害。有的年輕朋友說話飛快咬字含糊，只聽一陣語聲如颱風掃過，卻不知所云。友箏說他暑期電腦營裡有個十一歲男生，說話飛快，字都黏在一起，「聽起來就像一個長字。」比喻頗傳神。那男生還有個怪癖，午餐時連喝五杯咖啡，之後全身亢奮顫抖，手舞足蹈說個不停。

我記得好些年前，應該是五年前吧，和安捷說話，他不慌不忙，給我完整的句子甚至段落，十分特別。孩子們通常懶得搭理大人，給你一字半句應付。直到現在，友箏經常說話還是這樣。上了一天學回來問他怎樣，「還好。」讀完一本書問他看法，「有趣。」我總覺人說話除了好與不好，至少還要有論證甚至說服的本事，才叫說話。支吾其詞或半天打不出一聲響的，談起話來多無趣。友箏正是那種多一句不如少一句的人物，要挖他的意見，我必須做專訪似的一個個問題緊追。昨天我才指出：「爲什麼和你說話總得變成拷問？」和安捷說話舒服多了，多少像交談，而不是質詢。至少光就這點，安捷是個半大人了，雖然臉上還有稚氣；而友箏仍是個半小孩，儘管唇上看得見髫子。

無論如何，孩子們長大了。雖然是在我們面前公然進行的，但我仍難免覺得他們是不知不覺就長大了。好像昨天才學說話走路，今天就可以頂天立地，也可以幫忙洗碗筷割草和吸塵了——當然我誇張了，只是丟不掉誰偷天換日，把懷中的神奇變成了凡人的感覺。現在每天晚飯後友箏和B都要經過一番君子三讓儀式，輸的洗碗，讓我不免感嘆。一位朋友的先生在家負責做菜，上大學的兒子也喜歡做菜，有時便他做。羨慕別人是最不智的，但誰是永遠的智者？老實說，我羨慕。至少友箏會燒水泡麵，還會用微波爐煮麥片，和把冷凍披薩開封丟到烤箱裡去。

放暑假後，我譯的書也交了差，便讓自己鬆下來，見書桌而走避。一天走到前院，清掃了門前和步道，看見屋旁兩叢山杜鵑枝葉茂盛伸展。如果有圍牆，我會說枝條探過牆外。但既無圍牆，枝條便侵犯到步道空間。於是友箏幫我稍稍修剪，看來清爽些。陽光好，做點工便熱了，但能在屋外走動呼吸新鮮空氣，比綁在書桌前強多了。我實在該少花時間在書桌前，多花時間在園藝上的。我們院子欠整治，有點荒野氣。種的一些杜鵑、百合、雛菊、水仙凌亂，毫無章法。不像你家院子花草秀麗，分明是有人愛惜。B舅舅是建築師，他的前後院花木扶疏繽紛，從屋裡大片窗看去眞是好看。隔兩天友箏和我合力刷洗廚房的紗窗和後院的石板地，洗完一看，乾淨鮮明眼睛一亮。然後我們坐在後院午餐，看風動林梢，聽鳥叫，閒聊。我開始覺得在放假，重拾舊日情趣了。

這暑假友箏除了上兩週電腦營外，便是在家閒蕩。當然，像安捷，他花許多時間玩電腦遊戲。不然，我最近重教他下五子棋（圍棋太難了），我們便不時下下五子棋和非洲的芒卡拉棋。以前讓他讀菲利・普曼的《黑暗元素三部曲》讀不下去，現在他一口氣三本讀完，覺得相較之下《哈利波特》太幼稚了。除了學校指定的《麥田捕手》和他自己挑的 *Seabiscuit* 外，我還有一堆書等他讀，譬如《一九八四》、馬克・吐溫的《頑童流浪記》和理查・費曼的回憶錄等。此外，我還要他再寫一本書，規矩比照《兒童哲學》。也許《兒童哲學》的自然延伸，應是《快樂哲學》或《偷懶藝術》，不然是《生活遊戲規則》或《電腦營札記》。我還沒給友箏任何建議，他也還沒把我的指派當眞。

我打算趁暑假讀些一直想讀的書，也給自己腦袋空間胡思亂想。八月我們要到義大利去，等回來這暑假就差不多了。你呢？記得夏日炎炎正好閒。

張讓

祝暑假愉快。

穿著睡衣上班

張讓：

你好。

再也想不到的，竟然把半條命送給了拿破崙。一本少年傳記的準備功夫做足之後，本來以爲可以按部就班寫將下去，哪裡想到，本來一天只寫三、兩個鐘頭的鐵律完全被打破，居然翻了一番。時近中午，我餓得頭昏，跌跌撞撞爬上樓來找東西吃，睡衣還在身上。這才猛醒，大清早端著一杯咖啡下樓，竟然已經半天過去了！趕緊正告自己：明天不可以重蹈覆轍！結果第二天還是一樣！直到這四、五萬字殺青爲止。交了稿子，人也病倒了。這一病才發現，原來一家三口都穿著睡衣「上班」。

J寫英文字典已經漸入佳境，早上喝咖啡看報，忽然腦中靈光一閃，匆匆放下報紙奔上樓去，這一下就寫上好幾個鐘頭，完全忘記了睡衣還在身上。

安捷是當然的夜貓子。每天晚上盥洗之後，舒舒服服鑽進睡衣，這才摩拳擦掌，抖擻精神夜戰至天明。這個暑假，電腦公司「論件計酬」，他的工作都可以在家裡做。他不但和「同事們」在電腦上連線，而且他們還可以通話。夜深人靜，一覺醒來，安捷房門下流洩出燈光，聽得到他與什麼人的交談，中間有時候還夾著輕鬆的笑聲。敲門進去，他笑咪咪轉頭和我聊兩句，電腦屏幕上的文字圖像無不莫名其妙，看他精神正好，也就只好掩上門悄悄離去，還聽得到什麼人在問：「Who is that?」安捷笑答：「My mom...」

全家人都在家裡上班，需要別人來提醒，這時候正是暑假呢！

上個週末，J的小妹潔西一家自費城來訪，安捷自然也要陪他們玩一下。兩個小傢伙只有四歲、八歲的年紀，自然只能玩些他們自己帶來的玩具，於是「車輪飛轉」演出了許多發生在公路、停車場之類地點的「感人故事」。安捷極有耐心，甚至很有了一點「寓教於樂」的味道，讓我相當驚訝。滿頭金髮的美麗小堂妹對「大哥哥」仰慕不已，堅決表示要搬到我家來與安捷朝夕相處……

潔西則訝異著，如此溽熱的天氣，秋海棠、紫羅蘭、茉莉、玫瑰、草本夾竹桃、百合與扶桑卻鋪陳出這麼可愛的景致。男士們烤肉，安捷帶著兩個孩子在玩，我和潔西在花壇裡東拉西扯，終於有了「暑假」的意思。一笑。

客人走了，一切馬上恢復「正常」，三人各守著自己的電腦「工作」不已。直到昨天晚上，豪雨「衝斷」網路，父子兩人這才捧著自己的閒書，不約而同來到起居室與我閒坐。我們這才有機會互相「觀摩」所讀之書。J在閱讀沉重傳記的同時，把彼得・梅爾去年的新書 *A Good Year* 拿來消閒，倒是不錯的，最少可以保持胃口大開。安捷卻是響應我的「全集式」閱讀法，將 **Fredric Brown** 從一九四一年寫到一九六五年的科幻短篇全集拿來通讀，靈魂、神與魔；飄浮在天際的城廓和沉到海底的城廓，都引得安捷大爲感慨，他喜歡布朗的想像力與幽默感，盛讚作者在半個世紀之前，在科技的「黑暗」時代裡能夠寫出這些魅力四射的短篇小說。

看我堆在面前的書，安捷要我「說個大概」。這才驚覺，張紫葛、章詒和、京夫子，三位不爲大陸當局所喜的大陸作者，竟然在這裡相聚了。揀比較簡單明白的來說，我就聊起了章詒和筆下馬老闆馬連良的儒雅、漂亮，聊到了馬氏唱腔與唸白的天衣無縫。當然，少不了的《海瑞罷官》以及連帶著的一系列災禍……門外豪雨瓢潑，故事悲悽、曲折，一唱三嘆，倒也相得。

雨驟停，三人踱至窗前研究「災情」，除了開著幾十朵花的扶桑露出一點疲憊之外，其他花木並沒有問題。大雨到來之前，大朵的百合似乎來不及收束，竟然就那麼怒放著。J忽然想到早晨的《華盛頓郵報》專文報導百合之可食性，它們來自中國，不只是鹿與兔兒的精緻點心，人類也是可以用它來入菜的。「百合，味甘微苦，潤肺安神，可以治療心悸、失眠。」得，這一下可好，暑假變「暑期補習班」了，快快打住。

總之，今年夏天，我們安心工作。九月份，安捷返校之後，J和我會到愛達荷去，在湖光、山色之間把自己重新安頓一番。那地方連手機訊號也收不到，實在是個安靜的去處。

祝福一切順遂。

韓秀二〇〇五年七月二十九日

P.S.：安捷要我代他問候友箏。他說友箏長大了，他們兩人就電腦遊戲的虛擬世界談得非常愉快，「談話進行得又深入又廣泛，興味十足！」安捷如是說。

我的「遊戲規則」是在每天以「新鮮」材料做菜的前提下，
以最少時間花費最小力氣達到目的……

——張讓

我們家三口都是食肉族，我就自說自話，
在這道燴飯裡加了鮮嫩的裡脊肉。
這一晚的美好當然是可預期的。

——韓秀

菜人和肉人

韓秀：

七月忽然已經到底了。我們這裡近來悶熱，難得幾天清爽。你們那裡呢？大概直追台北的蒸籠吧！

今天倒還好，沒那麼悶，早上我還在後院看了一下書。總覺一到後院，草樹環繞，天色朗朗，時間立刻就緩了下來，無聊事也成了享受。

我剛在廚房洗菜，邊洗邊聽新聞，聽見風行一時的 Atkin 減肥食品公司倒了，抬頭看見後院裡濃綠的樹，西斜的陽光，已經五點多了。通常這時我從書房出來，到廚房做晚餐的準備。總是先淘米放進電鍋，然後洗菜，也算是休息。有時洗菜時腦袋繼續跑馬，不意間會跑到什麼美妙的地方去。洗完菜再蹦回書房一下，六點多二進廚房，「大張旗鼓」。其實哪有旗鼓可張，炒一、兩個菜就是了。

米飯和蔬菜，是我們每天必備主食，其餘看是魚是肉，總之，以簡單清淡爲主。我並不特別喜歡做菜，首要原則是省時省事。聽過一位朋友說，他做菜絕不考慮材料超過十樣的菜。事後我想想自己，雖然並未立下這樣規矩，其實限制更有過之，若油鹽不算，我做菜每道作料幾乎難得超過五樣。認眞說起來，我做菜不但簡，而且可以說極簡，常是菜炒菜，肉煮肉，大概能把美食家淡出洪水猛獸來。像《紅樓夢》裡做茄子那樣精工細作，把平凡的茄子搞成金枝玉葉，嘿，對不起，免談。我也不是焦桐、蔡珠兒那種到處尋找人間美味，爲吃不惜時間工本的食藝家。因此我絕非可以誇口的廚子，勉爲其難，聊免一家三口淪爲飢民而已。若能夠，我寧可做那遠庖廚的君子。不得已躬身下廚，便幻想有個廚子代勞。

話說我們多吃米飯，在我是天經地義。父母南方人，我從小吃飯長大，從早餐到晚餐不離米飯，像空氣一樣。奇怪友箏在我的「米飯文化」薰陶下，卻更喜歡吃麵，抱怨飯無味。他小時經常在白飯上撒鹽，讓我覺得簡直「大逆不道」。自然，我盡責「大驚小怪」：「好好的飯，配菜吃正好，撒鹽做什麼？」小子從容回答：「加了鹽才好吃。」「白飯本身就很好吃了，我買的是最好的米，又香又甜又Q，加鹽反而糟蹋了。」小子才不理我，堅持白飯就是沒味道不好吃。我再怎麼「曉以大義」，給他分析白飯的色、香和口感，不但是對牛彈琴，而且是對美國牛彈琴，結果可知。然而，以友箏那種吃飯法，也難怪乏味。他總是菜歸菜飯歸飯，菜先吃，剩下一碗白飯硬扒。當年B吃飯也是這樣，總學不會吃飯配菜齊頭並進。現在友箏一樣不受教，雖常號稱是邊吃菜邊吃飯，最後終究剩了大半碗白飯單打獨鬥。若我做義大利麵，他便一盤又一盤，吃到撐不下爲止。所以他和我正好是麵人對米人。

我們家還另有一種分法：肉人和菜人。B和友箏比我愛吃肉，是肉人；我愛吃菜，菜人自然是我。我心目中的絕世美味，是幾道各色新鮮蔬菜加上一點葷，輕油淡淡調味，放在顏色搭配的餐具上——想像切開的桃子在寶藍盤子上！果菜味道乾淨清爽，肉有濁味。因此出去吃，面對滿桌油膩的大魚大肉，我只能意到沾一點，不是客氣，實在是難以下嚥。給家中兩肉人做肉食（尤其是牛排），他們（尤其是B）大口吞嚼，我吃一、兩小塊。老實說，吃肉我有點不忍。去年冬，有天我買了一大塊牛肉，參照食譜指示丟進烤箱去烤，時間到拿出來由B掌刀切片上桌，紅豔豔看似半生的肉，流紅豔豔如甜菜汁的血，給白瓷盤一托，眞是觸目驚心。看B和友箏各自據案大嚼，我好像置身梁山泊大塊吃肉的眾好漢裡——幸好，這兩好漢也喜歡吃菜。

總之，我捨不得多花時間在廚房，儘管也不是全不下廚遊走於上館子、打電話叫外賣，或滿冰庫冷凍餐的那種極端。雲遊理念或虛構世界，又要降落地面處理柴米油鹽，有時覺得必須具分身術不然有分裂人格才能做到。我的「遊戲規則」是在每天以「新鮮」材料做菜的前提下，以最少時間花費最小力氣達到目的，週末不開伙。

不過我知道你的故事不一樣。你不但烹調文字，也烹調美食，還能大宴賓客，動手寫食譜。若有閒暇，我寧可去畫畫、攝影或到公園去散步，也不要在廚房湯水淋漓的張羅。在這點上，我是眞的小氣。唉，若我也有個太太就好了！

祝烹調愉快。

張讓

回信

米蘭燴飯和鄉村馬鈴薯

張讓：

看你的信，正是我心情大好之時，你信裡的暑氣竟然完全沒有帶來任何「蒸籠」的感覺。一笑。

看你「能把美食家淡出洪水猛獸」來的烹飪法忍不住哈哈大笑，你實在夠調皮。你說友箏在米飯裡加鹽，我就想到他在我家是很喜歡那一款蘑菇燴飯的呀。B當時說，這一道RISOTTO好像很對友箏胃口。當時，他唇邊的一抹微笑似乎意味深長。現在，我終於明白了一個大概。當然，那用來煮飯的一鍋高湯，在烹煮的時候已經加了蔥、薑、蒜、細鹽和現磨胡椒，自然不必勞動友箏自己加鹽啦。你的信抵達的時候，我正處在一個極爲特別的狀態下。你知道的，我有無數食譜書，看這些書難免橫挑鼻子豎挑眼。但是，這兩天我被愛麗斯・佛倫瓦德的八十八道義大利地方菜和五十二道托斯卡尼餚饌迷得跳將起來，把電腦丟下，馬上動手實踐。這位瑞士語言學家的書是用德文寫的，中文本由台北的知識領航出版社推出，感謝出版人讓我先睹爲快。書在電腦上，看了沒幾頁，手癢難熬，衝上樓去一一清點庫中所有，唉，實在是好到不能再好，這幾樣東西都現成，根本不用出門就可以把一道所謂「鄉村馬鈴薯」端上桌。這個食譜最突出的一點是先把切成滾刀塊的馬鈴薯和切碎的迷迭香、鼠尾草放在熱油裡面炒。這 rosemary 和 sage 正蓬蓬勃勃的在我簷下的小小香草園裡散發著香味兒。拿著小剪刀剪下幾枝、洗一下、剁碎，還沒有下鍋，就引來了J。待這三樣「素材」進了熱油，我馬上就聽見了安捷的腳步聲，他一邊抽著鼻子一邊趨近前來，臉上的笑容眞是甜蜜。兩位男士問我還要在這金黃與星星嫩綠之外加什麼？我告訴他們，半瓶啤酒、一罐碎番茄、鹽與胡椒、一杯高湯和一個小時而已。鍋蓋蓋住了，火口轉到最小，香味卻瀰漫在整個廚房裡。安捷仔細打聽這美麗食譜的來源，對遠在阿爾卑斯山北麓的愛麗斯充滿敬意。

晚餐桌上安捷小心詢問，有沒有再試驗一道托斯卡尼菜的雅興？我當即宣布第二天會有用番紅花調理的米蘭燴飯上桌。J高舉酒杯，大呼 BRAVO!安捷馬上表示，飯後的全部清潔工作由他負責。

夜深人靜，高湯鍋裡，骨頭和蔥、薑、蒜們正在一點點爲第二天的燴飯打下堅實的基礎，我手裡握著一瓶來自希臘的番紅花。上萬朵花才能蒐集到這小小一瓶寶貝啊。殷紅的細絲帶著我飛越千山萬水，回到地中海，回到愛琴海。身體是靈魂的歇息之所啊！瘦弱的身體如何能夠讓靈魂感覺舒適呢？瘦弱的身體又怎樣承載豐沛的想像力呢？無數來自那美麗海濱的詩人與藝術家都曾發出過這樣的喟嘆。美食的攝取實在有益於思緒的翱翔、有益於身心的安頓啊！這就是地中海人的信仰，也是愛麗斯的理念。托斯卡尼菜需要的只不過是很少的材料和很多的愛心。相信，適用於每一個廚房。

這一款米蘭燴飯的香味不僅來自番紅花，也來自上好的卡納羅里米，來自義大利的凝乳。我家三口都是食肉族，我就自說自話，在這道燴飯裡加了鮮嫩的裡脊肉。這一晚的美好當然是可以預期的。

今天，安捷興致勃勃的告訴我，他已經將他對於愛麗斯美食書的具體感受告訴了他的工作夥伴。這些年輕人對於這樣的好書竟然沒有英文本感覺十二萬分訝異。我相信，這兩天，這位瑞士作家的網頁上一定留下了大量的「點擊」，一些美國出版社的網頁上大約也留下了許多憤怒的抗議文句。

至少，我自己重複使用率最高的食譜寶庫，在很短的時間裡會增加很多純樸、自然的義式佳餚，它們將泛出悠遠、古老的琥珀色，美不勝收。而我自己，在電腦和廚房之間絕對會獲得無與倫比的好心情，提神醒腦，不但不需要分身乏術，更不會導致「人格分裂」。「烹調」文字與烹調美食之間的關聯實在是非常美好的。十六世紀壁畫藝術家龐多莫在他的舉世聞名的日記裡留下的無數插圖、無數對食物的分析與觀感、無數的創作聯想實在是一個絕佳的例子啊！

安捷對「好吃的東西」感情很深，每每提及，出口的句子如詩。讓我感覺似乎文學正通過味蕾對這些神乎其神的電子玩家產生著極其深刻的影響。

你們全家正準備去南歐，帶些上品番紅花回來吧，順便蒐集幾份食譜。它們帶來的戲劇性效果很可能非常有趣呢。

祝福旅途愉快。

韓秀二〇〇五年八月三日

友箏唯恐沒玩伴，只要那男孩呼喝，還是飛奔而去，
……我不准他再去玩，然他照去，
畢竟勝過自己一人玩。

——張讓

【第二十四封信】

在安捷的成長過程裡，他非常習慣獨處，也非常喜歡獨處。
他有最忠誠的朋友——書籍為伴，真正是永不厭倦……

——韓秀

不愛孤單的孩子

韓秀：

八月底，馬上就開學了。暑假裡暫停埋頭苦幹，日子輕鬆些。你呢？

我們從義大利回來，緊接就到紐約州的恆斯湖去。今年，B大哥大嫂安排了考夫曼全家在他們那裡的別墅團聚。B家五兄弟，散布美國東岸和夏威夷，難得多年一度湊齊了相聚。今年雖然也少了幾人，但大多到了，老少三代，進出熱鬧，有點傳統大家庭的味。週末完我們先回家，友箏沒事多留兩天，然後大哥大嫂從紐約送他上巴士回來。一回到家，他立刻就懷念起那些堂兄弟來了。

友箏幼時沒玩伴，多是我陪他。我總想自己童心未泯，可以兼做友箏的朋友。這想法不但浪漫，而且幼稚，但這我要許多年後才會明白。總之，我盡力陪友箏，義務之外，更出於意願。孩子天眞可愛，陪他的時光特別甜美。我不喜歡「甜美」這詞，嫌膩，但想不出更好的取代。就好像說人功業輝煌十分俗濫，然輝煌就是輝煌，也避不掉。我帶友箏看雲看花看鳥看蟲子，帶他唸書、畫圖、寫字、遊戲、散步，陪他看電視看錄影帶影碟，以他的童眼重看新鮮世界。直到這幾年，我才不再凡事都「亦步亦趨」。原來想，除非進入他的世界，無法理解他的宇宙。我既要做他的朋友，在想法和作爲上起碼要「平起平坐」。當然，底下更深原因，是我爲他的孤獨十分愧疚。在我爲他彷彿無我無私之前，他的生活已經讓一個大前提所界定，就是：我自私。我曾談過友箏多想要兄弟姐妹，但我只能抱歉說不。B和我都有許多手足，我們知道那趣味，卻沒能給他。

友箏小學時代沒交到朋友，常和一個鄰居男孩玩。那孩子有點霸，會欺負友箏，甚至揍他。但友箏唯恐沒玩伴，只要那男孩呼喝，還是飛奔而去，受了欺負回家也不說，直到一次他實在氣不過才向我告狀。我不准他再去玩，然他照去，畢竟勝過自己一人玩。初中時代他開始有朋友，口中偶爾會出現同學名字。他那時最好的朋友後來我們發現竟是個中國孩子，不禁驚奇。友箏生日，我們讓他請朋友到家裡來玩，居然有七、八人，中國人、猶太人、黑人和印度人都有，好個小聯合國！我們帶大家去附近吃披薩，一群孩子七嘴八舌齊開口，說話快如放槍，一個比一個更愛現。我和B來不及聽，顯然在我們的宇宙裡時間比他們的慢許多。

友箏眞正要好的卻是伊文（我曾幾次提過他），不時找他過來玩，甚至過夜；有時是友箏去。伊文是個特別的男生，高大，用心，有禮。現代小孩多少都有點目中無人，未必是粗魯，只是隨便。但伊文不是，有問必答，而且言談清晰。他來自一個保守的猶太家庭，信奉猶太教。有次我和他討論《舊約聖經》的一些疑難，越談越有勁，直到友箏惱了在一旁使眼色，我才及時煞住。伊文信教很誠，而且迷數字學。除了和友箏一樣愛玩電腦遊戲外，他還花相當時間研究所謂的《聖經》密碼，有時說給友箏聽。友箏和我們一樣是無神論者，只姑妄聽之。此外，伊文在家幫忙做點家務事，並通過猶太教會在家附近做點義工。週末是休息日，週日便在祖父店裡幫忙。每當伊文來玩，他們倆總會從電腦遊戲玩到全屋追打笑鬧，乒乓大響，門窗撼動，典型孩子行徑，讓我有時得呼喝他們斯文一點。吃飯時我和他們邊吃邊聊，總是有趣。看他三兩下吃完，盤裡盤外一片狼藉，我不禁微笑：畢竟是個孩子。而確實，成熟如伊文，許多方面仍是個平常孩子，譬如混亂和健忘。高一時，他和友箏同校不同班（其實他們小學時同班期間短暫），但兩人常趁清早到校開課前聊聊，偶爾放學後留下一起練舉重。否則他雜事多，友箏要找他並不容易。現在暑假就要結束，兩人還沒能見面。開了學他要轉到賓州一家猶太私校去，讓我替友箏惋惜。我怕社交，卻愛惜朋友。中國舊文化看重友情，伯牙子期高山流水的故事我們都讀過。有時和友箏談起知友難求，他似懂非懂，難免也是姑妄聽之。

我提醒友箏給伊文打電話，他終於打了，在答錄機上留言。終於伊文回了電話，得以當天就來過夜。過兩天，因爲汽油價狂飆，他得單獨搭巴士到匹茲堡去上學。

我希望他們的友情能維持。交朋友有時像談戀愛，要主動，要懂得追求。我還沒向友箏講到那麼深，遲早，他自己會懂的。你說是嗎？

祝艾達荷旅行愉快。

張讓

十分冷淡存知己

張讓：

很高興你們一家暑假玩得愉快。

我們哪裡也沒有去，原因主要是安捷暑期住在家裡，而且他也在工作中，並不方便出門。最要緊的是他正在學習全新的電腦語言，晨昏顛倒，如果我不在家，他的飲食會比較馬虎。我們決定在家陪他。說穿了，我心中雪亮，他樂意讓我們陪他的日子已經屈指可數了。我們怎麼能不分外珍惜呢？一笑。

一日，陳淑平大姐寄了一份印刷品來，是張充和女士書畫展的介紹。畫好，字更是極品。我竟然看得呆了。安捷下得樓來，看我木訥訥的樣子，不禁好笑，忙問究竟。我就把這有字有畫的寶貝拿給他看，他對其中的一副對聯有興趣，要我講說講說。

這個對子是這樣的：「十分冷淡存知己，一曲微茫度此生。」意境非同小可，遂要而不繁地講給安捷聽。他竟然深深點頭，明明白白告訴我，他對這種人生態度十二分佩服。我心下暗自吃驚，這是並不容易達到的一種尺度，他卻會投百分之百的贊成票。多少年來，我都是熱情有餘、思慮不足，對自己倒是很能接受「淡泊」兩字，別人追逐名利有求於自己，卻總是「義不容辭」衝上前去，完全不顧前後。每念及此，總是慚愧不已。安捷不到二十歲已經有這般自我期許，我自然非常欣慰。

其實「君子之交淡如水」本來已經把話講得很透徹了。在「十分冷淡」的人際關係之中，知己猶存，那才是眞正的知己吧，完全沒有任何利益得失的考量與輸送。安捷把他的理解告訴我。

在安捷的成長過程裡，他非常習慣獨處，他也非常喜歡獨處。他有最忠誠的朋友——書籍——爲伴，眞正是永不厭倦。J的父母有四個孩子，J有一個弟弟兩個妹妹。安捷與表弟妹相聚，實在是「十分冷淡」。其中年紀與安捷不相上下的一位，功課一塌糊塗，身邊女朋友換了一個又一個，除了錢以外，沒有什麼了不得的追求，更沒有閱讀習慣。安捷連與他見面的興趣也沒有。那孩子也盡量躲著安捷，免得象個「白痴」。另外一位，年紀稍小，在父母的殷切期待下，把升入麻省理工學院當作人生唯一目的。安捷和他見面，也無啥話好說。他倒是對安捷「仰慕」不已。總之，我大概可以預見，將來，安捷和這些親戚們大約不會有多少親密的關聯，「大家庭」的味道恐怕與他無緣。有失有得吧，我這麼想。

我自己家裡人口稀薄，更沒有手足。多少年來一個人走天涯，唯重友情。其中的酸甜苦辣也只有自己心知肚明。好在，始終保持了善意，並不後悔。安捷長大之後，和我息息相通，感同身受。也許，這是他馬上接受「十分冷淡存知己」的一個原因。

你在來信當中提到宗教問題，倒是引出有趣的討論。我在一個號稱「無神」將一切宗教打翻在地不准生存，卻在實際上將暴君不斷「神化」的社會裡長大。幸好後來有機會在希臘住了三年，與希臘諸神成了朋友，逐漸深切了解「人定勝天」的無比荒謬。J的祖父母自東歐移居美國，完全是因爲住家附近沒有東正教堂才不得不改信天主教。到了我與J的家人開始接觸的二十世紀八〇年代。J的家裡只有母親一人上教堂了。她辭世之後，這個已經四分五散的家庭離宗教是十分的遙遠了。

安捷清楚表示自己無神論者的「立場」，對怪力亂神的胡言亂語尤其反感，他尊重所有勸人向善的說法，反對以宗教之名鼓吹殺戮。他非常同情我對希臘諸神的眷戀，覺得這種浪漫情懷有益寫作也有益於我的身心健康，常常以寬容大度的會心微笑支持我的種種「狂想」。

他回學校去了，除了課業之外，還要爲學校的電腦做維護工作，週末甚至繼續在電腦公司上班，忙得不亦樂乎。

偶爾回家，和我一塊兒在後園子看落葉飛舞，他會若有所思地勸慰我：「Mom，你應當好好地休息一下，希望九月下旬快點到，你們去艾達荷走一走，把專欄啊、小說啊暫時放在一邊。」

看我苦笑，他也笑了。「我知道，這『十分冷淡』絕不包括寫作。」

「何止寫作，無法『冷淡』的事務何其多啊！」兩人相對大笑。

至於擇友，我倒是放心的，讓事情順其自然。安捷很懂得好壞，他目前的朋友也都是好青年。至於將來，他們的友情會有怎樣的發展，我就不去掛念了。

秋涼了，祝福中秋節愉快。

韓秀二〇〇五年九月四日

【第二十三寸言】

做父母沒有公式，

而我們永遠參不透有無的奧妙和生命的種種矛盾……

——張讓

最要緊大約是盡可能掌握今天，讓自己的每一天都沒有虛度。

到了自己無法掌控的日子，心裡是安寧的，那也就是好。

——韓秀

掉到天上去了

韓秀：

天涼了。一入秋，早晚氣溫就低了下來，需要蓋被子了。

我覺得秋天是最美，也最深沉的季節，因那美裡帶了殘酷。先是那樣燦爛轟烈的紅葉，然後是義無反顧的枯槁。讓人惆悵之餘又生起了惶恐，生死、終極意義等老問題忽然又回來了。

上封信我提到，不久前B全家聚會，十分熱鬧。只不過這回，公婆明顯老了。他們兩人年輕時都漂亮，一直到幾年前都還風采翩然，近來健康衰退，除了頭腦還是清楚，比以前分明瘦弱了。大家都有感觸，相約明年在夏威夷再聚。

一般人不談哀亡，除非正面遭遇。十年前我母親去世，友箏才四歲，我帶他在永和陪母親走完最後一程。他對當時記得不多，印象最深的是母親火葬後，我們在火葬場撿骨灰的情形。「一塊一塊的，溫溫的。」他回憶說。記得他六、七歲時，有次發燒非常難受，問我：「我要死了嗎？」大約也是在那年紀，我們暑假裡遊緬因，吃完龍蝦散步到海邊礁石上看燈塔。天色已黑，風帶了涼意，我們抬頭看天，深黑的天上滿是星星，友箏忽然怕了，舉雙臂要B抱，等安然在B懷裡了才說：「我覺得好像掉到天上去了。」我們微笑之餘，當即領會了——孩子有時會說出最精采的話。隔天下午正在鎮上逛，友箏突然對B說：「有一天你和媽咪都會死掉。」哭了起來。我們不禁大驚，不知他為什麼在這朗朗晴空下有這森然的體悟。他初學到太陽最終會像燭火燒盡冷卻、地球將冰凍死絕時，也曾憂心忡忡。我安慰他：「不用擔心，那還要很久很久很久以後……」以後偶爾和友箏談及死亡，通常是像「大家都會死」或「到那時我們早就不在了」這種間接的觸及，不帶傷感的。

生死問題，通常是宗教的範疇。住在美國，尤其無法漠視宗教對這國家在政治和文化上的影響，以及它所引發的種種爭端。不少美國父母似乎覺得，不管自己是否信教，有責任給子女某種宗教教育。友箏的鄰居朋友從小週日上主日學校，偶爾在校車上和友箏談到耶穌基督。B小時週末也得上猶太教會學校，學習猶太宗教和文化，儘管他父母並非猶太教徒。他討厭那些課，對宗教產生了根本反感。B的大哥大嫂沒有宗教信仰，卻竭力讓兩個小孩參加猶太教會，為他們舉行隆重的猶太成人儀式。老實說，B和我都不太以爲然，覺得虛僞。但無論如何是做父母的苦心，這點我們可以理解。

英國作家佛斯特認爲信仰僵化心靈，說：「信仰就像洗衣服上的漿，一點就好。」我們和友箏討論宗教時，都從好奇和質疑的角度出發。家裡書架上有好幾本《聖經》，有天我發現他吃午餐時拿了一本讀〈創世紀〉，然後問：「既然上帝不要人吃生命果和智慧果，爲什麼放那兩棵樹在伊甸園裡？」好問題。通常疑問都集中在兩樹代表的意義和吃智慧果象徵的意義（譬如性啓蒙），樹在花園裡倒是不受質疑。後來拿這問友箏的好友伊文，他也覺有趣，然不知道答案。但是他告訴我們，上帝在六天裡創造宇宙，那個「天」的時間單位不是二十四小時，而可能是億萬年；而且魔鬼不是墮落的天使，而是出於上帝的設計，否則上帝就不是全知全能了等等。我喜歡聽伊文談這些自圓其說的邏輯，友箏倒不那麼熱心。

有時我會藉討論宗教問題時提醒友箏：「西方文化以宗教爲道德唯一的來源，其實未必。」然後告訴他中國文化重人文和現世的福祉，強調仁愛信義，教人要謙沖自省和節制自律。我經常覺得，在這個拜物兼偶像崇拜和自我耽溺的美國文化裡，要教導孩子「世界並不圍繞自我而運轉」是極難的事。媒體強大的宣傳無時無刻不在灌輸孩子「欲望至上！」「你最重要！」有時，父母的意義簡直僅在於付錢和開車接送而已。難怪有些父母訴諸宗教，藉教會的力量教導孩子一些是非善惡。也有極苦心的父母，簡直要力挽狂瀾。一位朋友堅信電視節目鈍化孩子心靈，於是家裡沒有電視。我們家也不太看電視，但我暗自讚嘆之餘還是大吃一驚——至少，我們沒那麼極端。

唉，必須承認，做父母沒有公式，而我們永遠參不透有無的奧妙和生命的種種矛盾。但若有一個晚上，在漆黑的野外，我們仰望滿天星辰，竟而慢慢掉到了天上——也許，那便是一種答案。

祝有個愉快的秋。

張讓

回信

晨曦與朝露

張讓：

你的信攤在桌上，與蘇偉貞的新作之首章在一起，這一章連同一個訪談一塊兒刊登在《INK印刻文學生活誌》裡面。這本雜誌跟我旅行了八天，返家之後，又成了我和安捷討論的一個大題目。

蘇阿姨是安捷的大朋友，他們在台北就認識了。偉貞與錦郁訪問高雄，帶給我們全家太多美好。安捷還「派」自己的玩具朋友去陪蘇阿姨，十分的親近。那是十二年前的事情。現在，卻是蘇阿姨在用一本書來紀念已經走了的丈夫。安捷知道，二〇〇三年深秋我是怎樣的飛奔回台北，要送張叔叔一程。那時候，他知道，世界上有著不同的走法，而「病」則是最傷人的一種前奏。然而，就是這樣的情形下，張叔叔還是那麼有尊嚴，那麼自信，那麼重承諾，而蘇阿姨卻是磨礪得更純淨更透明了。

安捷一直喜歡東方哲學裡這個「走」字的用法。他在嬰兒期面對了第一位親人的離去，那是我的外婆。那過程不可能存在於他的記憶中。但是，照片和我們的不斷講述，使得安捷確定那是他重要的生命經驗。安捷和太婆極其投緣，兩人見面，安捷永遠笑容滿面、手舞足蹈，引得太婆眉開眼笑。太婆把重外孫擁在懷裡，兩人相視而笑，兩張沒有牙的嘴笑成了兩彎新月，（一張嘴的牙齒掉光了，卻不願意裝上假牙，免得失眞。另一張嘴的牙齒還沒有長出來。）一下子縮短了將近一個世紀的距離而成爲骨肉相連。我相信，經過民國、抗戰、內戰、共產的老人終於看到外孫女苦盡甘來、看到相當體貼的外孫女婿、看到了健康快樂的重外孫，她不等我們告別，就無痛無病輕鬆啓程了。在他方，半個世紀沒有見面的外公「已經等得太久了」。那是怎樣的從容與瀟灑啊。

我相信，安捷的到來使得老人在這個世界上已經了無遺憾。安捷與他的太婆正如同晨曦與朝露。晨曦給了朝露那最完美的輝煌。朝露心滿意足可以開始下一個循環。「來」與「走」可以是這樣美麗、和諧、自然的。安捷確信。

但是，這是極不容易得到的福分。人間世充滿了無奈與荒謬。安捷走了許多地方，看到許多人，聽說了太多「不得不離去」的或暴烈或慘痛的故事，讓他對太婆「走得自如」分外珍惜。

近日，油價攀升、房價節節高，我們的郵差小姐義憤填膺，「世界顛三倒四，高科技產品日新月異，人的腳步更快更急，我們簡直是在匆匆忙忙奔向死亡！」一句話驚醒夢中人。安捷週一課後爲學校工作四個小時，週四晚上則是六個小時。電腦公司知道安捷星期五沒有課，就拚命計算著怎樣把這雙快手鎖在電腦桌前。鈔票自然是滾滾而來，然而，那難道是一個正常的生活嗎？還有多少精力與時間感受生活？或讀一卷詩、看一本小說、聽風兒吟唱、「仰望滿天星辰，竟而慢慢掉到了天上」？今天的少年人是比他們的父母更早告別童年的。

安捷拒絕了電腦公司過多的需索，理由坦然，「需要留些時間給自己。」好在這個公司的老闆也還未及而立之年，二話不說就接受安捷「自訂工作時數」的要求，安捷的腳步也就落到了地上，不再如同離弦的箭。他開始整頓自己，第一件事居然是虛心學習中國菜的基本作法，買了些不可或缺的醬油、香油、蠔油之類，在學校宿舍的廚房裡認眞操練起來。至於那些多年來很少觸碰的蔬菜、水果之類，也都納入菜單。看樣子，已經大大消瘦下來的年輕人開始重視簡單樸素的養生之道了。我嘴上不說，心裡是很高興的。

但是，你一定明白我的憂慮，沈君山二度中風的前前後後，他自己將其訴諸文字，寫得詳盡而深沉。我看了，心裡的悲涼無藥可解。

倒是安捷，比較的豁達。他勸慰我說，最最要緊大約是盡可能掌握今天，讓自己的每一天都沒有虛度。到了自己無法掌控的日子，心裡是安寧的，那也就是好。沈先生一生風流倜儻，到得四肢癱瘓的地步，腦筋不但清楚而且深深了解晨曦與朝露的辯證關係，用他的筆再次留下輝煌，已經是生命的強者了。念及此，我也就隨著安捷昂揚起來。

你看，將近二十歲的年輕人看待人生，有時候比我這一向堪稱樂觀的人還要徹底一些，他的太婆遠遠望著他，不知有多麼欣慰呢！

我得去種花了，還有兩百多個球根等著安頓呢。改天再聊。

祝福一切。

韓秀二〇〇五年十月四日結語

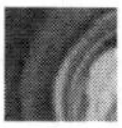
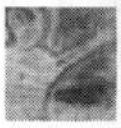

2003.09.17
2003.09.24
2003.10.29
2003.11.30
2003.12.14
2003.12.17
2004.02.25
2004.03.16
2004.03.18
2004.05.31

【張讓 後記】

對友箏來說，有個寫文章的媽媽是件奇怪的事，尤其是把他寫進文章裡，讓陌生人知道他的糗事。他說：「我才不要出名呢！」我向他保證絕無危險，他才安心了。而從我講起韓秀筆下的安捷種種，他更覺得像遠方有個哥哥。

寫這專欄期間，友箏竄高了，懂事點了，也越來越有意見，跨入了火氣大的反叛期。我們在不時的相互嘲弄外，已有漸行漸遠的感覺。成長，不免是個逐步脫離父母的過程。

對做父母的人，時間是以孩子成長的速度飛跑。友箏出生和小時都還像是昨天的事，算起來卻是十多年前了。幸好有照片和他小時手跡為證，譬如他兩三歲時的圈圈畫，我留了一些。最近和友箏提起他那些畫是多麼有趣，多麼難得。

「真的？都是圈圈？那我現在也畫得出來。」他說。

我搖頭：「你畫不出來。」

他不信。於是我們打賭。他果真畫來了一紙的圈圈，我們拿他小時的塗鴉比對。我認為比不上，他卻不覺得。

他不服，因為不能理解天真未鑿是個神奇階段，過了就失去了，沒法模仿，更沒法偽造。他不懂，因為畢竟還是個孩子。

做父母的，難免要孩子長大，又要孩子永遠是孩子。半大的友箏有時還是很孩子氣，引發了許多有趣的話題，如「魔戒和隱身衣」、「間諜測真言手錶」、「時空玩家」、「但願如果假如可是」等，但我還來不及談，兩年便結束了。也許將來有機會再寫吧。

【韓秀 後記】

又到了「告別」的時分。我問安捷，專欄要結束了，你有甚麼話要說嗎？他笑著說，「現在，YOUTH的編輯叔叔阿姨們比我的老師、同學都更了解我了。他們與讀者們一道陪我走過兩年的歲月，這是非比尋常的經驗，可貴得不得了。我要說一聲謝謝。當然，我也更了解張讓阿姨、B叔叔和友箏。我喜歡他們，很高興聽到他們的故事。我最想和讀者朋友說的一句話就是，不要忘記媽媽的生日，記得打電話或者寄一張卡片，如果你在離她很遠的地方。如果你回家，請你一定擠出時間幫媽媽洗碗，或者幫她泡一杯茶，陪她說說話。」安捷說的是英文，我逐字逐句譯成中文，沒有改動。

韓秀

2003.09.1

2003.09.24

2003.10.2

2003.11.30

2003.12.14

2003.12.17

2004.02.25

2004.03.16

2004.03.18

2004.05.31

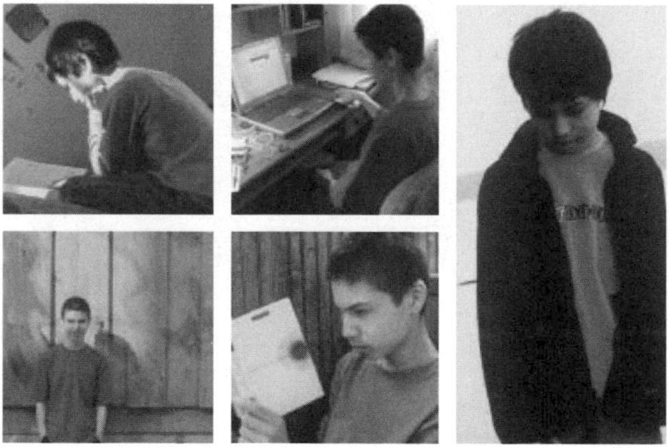

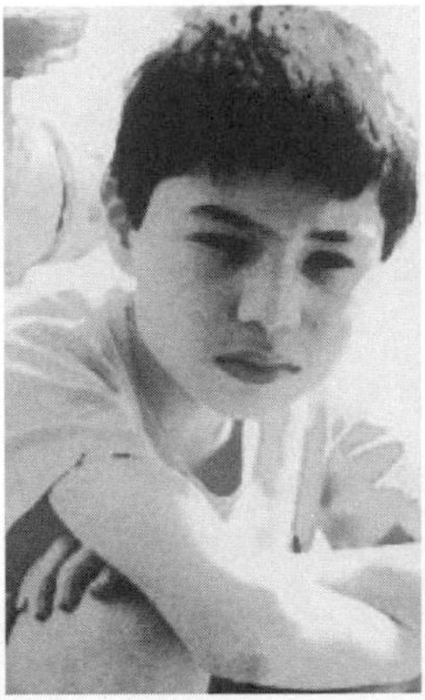

2004

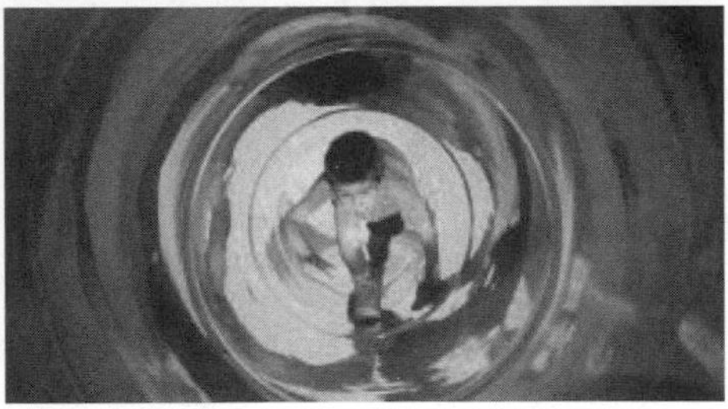

2005.01.07
2005.01.31
2005.03.21
2005.04.11
2005.05.20
2005.06.17
2005.07.29
2005.08.03
2005.09.04
2005.10.04
2005.11.27

2003.09.1

2003.09.24

2003.10.2

2003.11.30

2003.12.14

2003.12.17

2004.02.25

2004.03.16

2004.03.18

2004.05.31

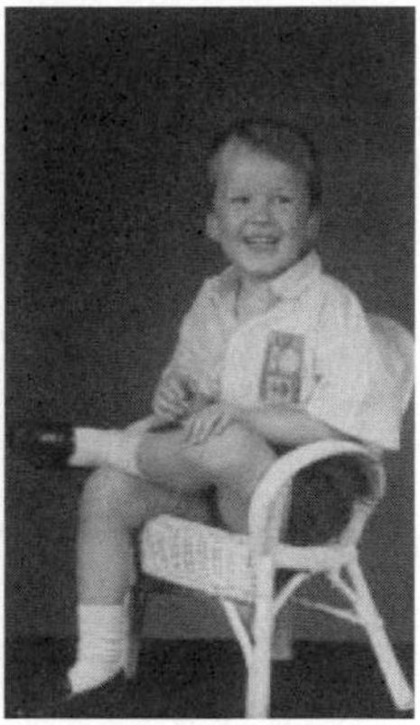

2004.10.03

2004.11.04

2004.11.19

2005.01.07

2005.01.31

2005.03.21

2005.04.11

2005.05.20

2005.06.17

2005.07.29

2005.08.03

2005.09.04

2005.10.04

2005.11.27

國家圖書館出版品預行編目資料

兩個孩子兩片天——寫給你的25封信／張讓、韓秀著－－初版.－－臺北市：大田出版；臺北市：知己總經銷，民95
面；　公分.－－(智慧田；073)

ISBN 986-179-007-1(平裝)

855　　95005887

智慧田 073

兩個孩子兩片天——寫給你的 25 封信

作者：張讓、韓秀
發行人：吳怡芬
出版者：大田出版有限公司
台北市 106 羅斯福路二段 95 號 4 樓之 3
E-mail:titan3@ms22.hinet.net
http://www.titan3.com.tw
編輯部專線（02）23696315
傳真（02）23691275
【如果您對本書或本出版公司有任何意見，歡迎來電】
行政院新聞局版台業字第 397 號
法律顧問：甘龍強律師

總編輯：莊培園
主　編：蔡鳳儀
企劃統籌：胡弘一
編　輯：李星宇
校對：陳佩伶／楊令怡／余素維／張讓／韓秀
印製：知文企業（股）公司・(04)23581803
初版：2006 年（民 95）五月三十日
定價：新台幣 250 元

總經銷：知己圖書股份有限公司
（台北公司）台北市 106 羅斯福路二段 95 號 4 樓之 3
電話：(02)23672044 ・ 23672047 ・傳真：(02)23635741
郵政劃撥：15060393
（台中公司）台中市 407 工業 30 路 1 號
電話：(04)23595819 ・傳真：(04)23595493

國際書碼：ISBN 986-179-007-1 /CIP: 855 / 95005887
Printed in Taiwan

廣	告	回	郵
北區郵政管理局登			
記證北台字 1764 號			
免	貼	郵	票

大田出版有限公司　編輯部收

地址：台北市 106 羅斯福路二段 95 號 4 樓之 3

電話：（02）23696315-6　傳真：（02）23691275

E-mail：titan3@ms22.hinet.net

*請沿虛線剪下，對摺裝訂寄回，謝謝！

地址：

姓名：

TITAN
大田出版

智　慧　與　美　麗　的　許　諾　之　地

＊請沿虛線剪下，對摺裝訂寄回，謝謝！

閱讀是享樂的原貌，閱讀是隨時隨地可以展開的精神冒險。
因爲你發現了這本書，所以你閱讀了。我們相信你，肯定有許多想法、感受！

讀 者 回 函

你可能是各種年齡、各種職業、各種學校、各種收入的代表，
這些社會身分雖然不重要，但是，我們希望在下一本書中也能找到你。

名字／＿＿＿＿＿＿＿ **性別／**□女 □男 **出生／**＿＿＿年＿＿＿月＿＿＿日

教育程度／＿＿＿＿＿＿＿＿＿＿

職業：□ 學生 □ 教師 □ 內勤職員 □ 家庭主婦
□ SOHO族 □ 企業主管 □ 服務業 □ 製造業
□ 醫藥護理 □ 軍警 □ 資訊業 □ 銷售業務
□ 其他＿＿＿＿＿＿＿

E-mail/＿＿＿＿＿＿＿＿＿＿＿＿＿＿＿電話/＿＿＿＿＿＿＿

聯絡地址：＿＿＿＿＿＿＿＿＿＿＿＿＿＿＿＿＿＿＿＿＿＿

你如何發現這本書的？ **書名：兩個孩子兩片天——寫給你的25封信**

□書店閒逛時＿＿＿＿＿書店 □不小心翻到報紙廣告（哪一份報？）＿＿＿＿＿
□朋友的男朋友（女朋友）灑狗血推薦 □聽到DJ在介紹＿＿＿＿＿＿
□其他各種可能性，是編輯沒想到的＿＿＿＿＿＿＿＿＿＿＿＿＿＿

你或許常常愛上新的咖啡廣告、新的偶像明星、新的衣服、新的香水……
但是，你怎麼愛上一本新書的？

□我覺得還滿便宜的啦！ □我被內容感動 □我對本書作者的作品有蒐集癖
□我最喜歡有贈品的書 □老實講「貴出版社」的整體包裝還滿 High 的 □以上皆非 □可能還有其他說法，請告訴我們你的說法

＿＿＿＿＿＿＿＿＿＿＿＿＿＿＿＿＿＿＿＿＿＿＿＿＿＿＿＿＿＿

你一定有不同凡響的閱讀嗜好，請告訴我們：

□ 哲學 □ 心理學 □ 宗教 □ 自然生態 □ 流行趨勢 □ 醫療保健
□ 財經企管 □ 史地 □ 傳記 □ 文學 □ 散文 □ 原住民
□ 小說 □ 親子叢書 □ 休閒旅遊□ 其他＿＿＿＿＿＿＿＿＿

一切的對談，都希望能夠彼此了解，否則溝通便無意義。
當然，如果你不把意見寄回來，我們也沒「轍」！
但是，都已經這樣掏心掏肺了，你還在猶豫什麼呢？
請說出對本書的其他意見：

大田出版有限公司編輯部 感謝您！